何慎怡 编著

大美如歌《诗经》

名师导读

岳麓書社·长沙

前 言

《诗经》是我国第一部诗歌总集，是中华文化代表性的元典，也是世界重要的文化遗产。《诗经》可以说是周代社会历史的一面镜子，当时的政治、经济、军事、文化以及世态人情、民风习俗等，在其中都有真实的反映，它对中华文化有极其深远的影响，具有重大的政治价值、历史价值和文化价值。学习《诗经》，对于我们弘扬中华文化，发展现代文学艺术，以及增长语言知识和提高古籍解读能力，都有十分重要的意义。要学习《诗经》，就应当了解一些有关《诗经》的基本知识。

一、《诗经》名称的由来及篇数

《诗经》起初只称《诗》，到战国时代，《诗》才成为儒家的“六经”之一。到了汉代，武帝“罢黜百家，独尊儒术”，将《易》、《诗》、《书》、《礼》、《春秋》立于学官，名曰“五经”（“六经”中的《乐》已失传），并设置五经博士专门传授，于是《诗》被官方正式确认为“经”，称为《诗经》，这个名称通行至今已两千多年。

《诗经》共有三百一十一篇，其中《小雅》中的《南陔》、《白华》、《华黍》、《由庚》、《崇丘》、《由仪》有目无辞，除了这六篇，尚有三百零五篇。《诗经》又称《诗三百》，是就其整数而言的。

二、《诗经》产生的年代和地域

《诗经》各篇作品的创作年代，现在很难一一考证，但大致可以认定《诗》产生于西周初期至春秋中叶，即公元前 11 世纪至公元前 6 世纪这一漫长的历史时期，其中包括了商、周的改朝换代以及奴隶制衰亡的整个历史过程。

具体来说，风、雅、颂产生的年代各有不同：

《国风》大部分产生于东周时期，也有些西周时期的作品；《小雅》主要产生于西周末期,少部分产生于东周初期;《大雅》全部产生于西周;《周颂》产生于西周初期;《鲁颂》产生于春秋时期;《商颂》产生的年代较难确定,有人认为是商代的作品,也有人认为是周代宋国的作品。

《诗经》产生的地域相当广阔,东到山东,西至陕西、甘肃之间,南至江汉流域,北到河北、山西一带。下面我们分类作些具体的说明。

《国风》是东周时期产生于十五个国家和地区的民间诗歌,十五《国风》各以其所在国家或地域得名。《周南》产生于今陕县以南,汝、汉、长江一带,湖北、河南之间;《召南》产生于今陕西南部和湖北东北部;《邶风》、《鄘风》、《卫风》产生于今河南北部和河北南部至中部;《王风》产生于今河南洛阳一带;《郑风》产生于今河南郑州一带;《齐风》产生于今山东临淄一带;《魏风》产生于今山西南部;《唐风》产生于今山西中部;《秦风》产生于今陕西西部和甘肃南部;《陈风》产生于河南陈州(治今淮阳)一带;《桧风》产生于今河南新密市一带;《曹风》产生于今山东曹州一带;《豳风》产生于今陕西彬县、旬邑一带。

《小雅》、《大雅》主要产生于西周的都城镐京(今陕西西安),《小雅》还有部分作品产生于东周的都城洛邑(今河南洛阳);《周颂》产生于西周的都城镐京;《鲁颂》产生于鲁国的都城(今山东曲阜);《商颂》产生于商朝的别都朝歌(今河南淇县西北地区)。

三、《诗经》的采集和编订

《诗经》三百零五篇,产生于漫长的年代和广阔的地域,是怎样采集起来编订成书的呢?对于这一问题,先秦古籍中没有明确记载。古代学者对此有各种各样的说法,归纳起来,不外"采诗"、"献诗"、"删诗"之说。"采诗"、"献诗"是就采集而言,"删诗"是就编订成书而言。

采诗说:据说西周王朝依古制每年春秋两季派采诗官员到各地去采集民歌,以了解民情风俗,考察政治得失。汉代的典籍如班固《汉书·艺文志》《食货志》,何休《春秋公羊传注》等对此都有记载。采诗官在各种记载中,或称为"行人"、"遒人",或称为"轩车使者"、"逌人使者"等。每年春秋两季,这些采诗官受周王朝派遣,到大路上巡视,采集各地的民歌,然后把采集到的歌谣献给管音乐的太师，经太师整理编辑，加配乐谱后，再陈献给天子。《诗经》中产生于各诸侯国的十五《国风》就是从各地采集而来的。

献诗说：除了上述“采诗”之外，古代还有“献诗”之说。从先秦古籍的记载中，可知周代有过公卿列士陈诗进谏的制度，就是说天子或诸侯听政时，让官员献诗进行讽谏。所献之诗，有以政治讽喻和怨刺为内容的诗篇，也有歌功颂德的诗篇；其中既有献诗者自己的创作，也不排除有采集来的作品。除了天子周围的公卿列士外，各国诸侯也要向周天子陈献本国歌谣。这些献诗，主要集中在《诗经》中的二《雅》和三《颂》。

删诗说：《诗经》的创作经历了五百多年，其间采集于各地的民间之诗、公卿列士所献之诗，以及乐官创作的祭祀和宴饮中的乐歌，为数一定不少，它们是怎样被编订成书的呢？

汉代有些学者认为，《诗经》是经过孔子删定而成的。最早提出此说的是司马迁。他在《史记·孔子世家》中说，古时候有诗三千余篇，后来孔子以礼义为标准，把那些重复的、不可施于礼义的篇章都删掉，选留了三百零五篇编成《诗经》。关于孔子是否“删诗”的问题，自古以来争论很大，持“删诗说”或“非删诗说”观点的都大有人在。近几十年来，学术界对这个问题继续进行了全面深入的研究，有了基本一致的看法，认为孔子只有“正乐”之功，而无“删诗”之举；《诗经》的编订工作是由当时的太师和乐工们完成的。通过“采诗”和“献诗”两条主要途径收集到的诗歌，最后都集中到周王朝的太师和乐工手中。他们根据政治教化和礼乐文化的需要，对这些诗歌进行了删选和整理加工，并配上乐谱，编订成《诗经》一书。

孔子虽然没有“删诗”，但对当时已有的各种《诗经》传本，进行了校勘文字、删重去芜、厘正乐音等工作，整理出了一个比较完善的版本。这种说法应当是可信的。

四、《诗经》的“六义”

《毛诗序》说：“故《诗》有六义焉：一曰风，二曰赋，三曰比，四曰兴，五曰雅，六曰颂。”孔颖达《疏》，对“六义”有比较具体的解释：“风、雅、颂者，诗篇之异体；赋、比、兴者，诗文之异辞耳。大小不同，而得并为六义者，赋、比、兴是《诗》之所用，风、雅、颂是《诗》之成形，用彼三事，成此三事，是故同称为义。”古今学者大都赞同此说，认为风、雅、颂是《诗》的类别，赋、比、兴是《诗》的表现手法。

《诗经》有三百零五篇，分为风、雅、颂三大类。

“风”是具有地方特色的土风歌谣，按地域分为十五《国风》，收诗共160篇：《周南》11篇、《召南》14篇、《邶风》19篇、《鄘风》10篇、《卫风》10篇、《王风》10篇、《郑风》21篇、《齐风》11篇、《魏风》7篇、《唐风》12篇、《秦风》10篇、《陈风》10篇、《桧风》4篇、《曹风》4篇、《豳风》7篇。

“雅”是西周京城一带举行各种活动时所演唱的乐歌，“雅”又分为《小雅》、《大雅》，收诗共105篇：《小雅》74篇、《大雅》31篇，合称“二雅”。

“颂”是用于祭神祭祖的宗庙乐歌，分为《周颂》、《鲁颂》、《商颂》，收诗共40篇：《周颂》31篇、《鲁颂》4篇、《商颂》5篇，合称“三颂”。

赋、比、兴是《诗经》的三种艺术表现手法。

什么是赋、比、兴？现在大多采用朱熹《诗集传》的说法。

赋，朱熹说是“敷陈其事而直言之者”，就是说，赋是铺陈叙述事物，直接表达思想感情。它是《诗经》中运用得最广泛的表现手法，夏传才《诗经讲座》据《诗集传》标注统计，《诗经》1141章，其中赋727章，比111章，兴274章，兼类（兴而比、赋而兴之类）29章。《诗经》中很多作品都是通篇为赋，未用比兴，如《周南·卷耳》、《邶风·静女》、《王风·君子于役》、《魏风·伐檀》、《豳风·七月》、《小雅·十月之交》、《大雅·生民》等。

比，朱熹说是“以彼物比此物”，也就是修辞手法中的比喻。《诗经》中用比喻的地方很多，其中最多见的是明喻，如《召南·野有死麕》的“有女如玉”；《卫风·淇奥》的“有匪君子，如金如锡，如圭如璧”；《卫风·硕人》的“手如柔荑，肤如凝脂。领如蝤蛴，齿如瓠犀”等。此外还有暗喻，如《邶风·柏舟》的“我心匪石，不可转也。我心匪席，不可卷也”；《小雅·节南山》的“尹氏大师，维周之氐”等。还有借喻，如《魏风·硕鼠》的“硕鼠硕鼠，无食我黍”；《小雅·鹤鸣》的“它山之石，可以攻玉”等。《诗经》中的比喻，大都是个别的、局部的，通篇用比体的只有《周南·螽斯》、《魏风·硕鼠》、《豳风·鸱鸮》、《小雅·鹤鸣》等数篇。

兴，朱熹说是“先言他物以引起所咏之词”，也就是先借助其他事物作为诗的开头，然后再引出下文。《诗经》中的“兴”法，根据“先言他物”与“所咏之词”的关系，通常有两种情况。一是篇章开头的“兴”句与后面的诗文有意义上的联系，如《周南·关雎》“关关雎鸠，在河之洲。窈窕淑女，君子好逑”，通过雌雄雎鸠的和鸣求偶，联想到男子对淑女的思念与追求；《邶风·凯风》“凯风自南，吹彼棘薪。母氏圣善，我无令人”，以温暖的南风吹拂小枣树使成柴薪起兴，用以象征慈母对儿女的辛勤抚养。二是“兴”句与后面的诗文没有明显的关系，如《唐风·采苓》“采葑采葑，首阳之东。人之为言，苟亦无从”，《秦风·晨风》“鴥彼晨风，郁彼北林。未见君子，忧心钦钦”，这两例的“兴”句，很难找出与后面诗文意义上有什么联系，只是在形式上起着发端和起韵的作用。和赋、比两种表现手法不同，《诗经》中没有通篇纯用兴的诗。

赋、比、兴这三种表现手法，各有所长，各有所用，但在《诗经》中并不是孤立、互不相干的，除了通篇用赋体或比体的诗篇外，往往在诗中交互为用。

五、《诗经》的语言特色

《诗经》是第一部用汉字记录的诗歌集，是先秦汉语作品的典范，有着非常显著的语言特色。这些特色主要表现在以下几个方面。

句式：《诗经》的语言形式以四字句为主，但又不限于此，还有各种长短不齐的句子。据夏传才主编《诗经学大辞典》统计，《诗经》共有 7284 个句子，其中二字句 8 个，三字句 157 个，四字句 6667 个，五字句 340 个，六字句 88 个，七字句 19 个，八字句 5 个。其中，四字句使用最多，约占 92%，其次是五字句和三字句。

词汇：《诗经》的词汇十分丰富。据向熹《诗经语言研究》统计，《诗经》里共出现了 2826 个单字，构成了 3400 多个词，其中单音词 2500 个，复音词 900 多个。从词性来说，《诗经》词汇里，名词约 2000 个，如草本植物 100 种，木本植物 34 种，鸟类 38 种，兽类 27 种，鱼类 14 种等；动词有几百个，其中仅表示手的动作的就有 28 个，表示病痛、疾苦的有 18 个；形容词约 700 个，包括性质形容词与状态形容词两大类。从词义来说，《诗经》中有单义词 1460 个，多义词 1016 个。

《诗经》的复音词中，除了大量的复合词以外，还有相当数量的联绵词和重言词。联绵词中，双声叠韵词约 73 个，非双声叠韵词约 26 个。如拮据、鸳鸯、流离、黾勉、参差、邂逅等属于双声关系，苯苢、芍药、蜉蝣、婆娑、窈窕等属于叠韵关系，蔽芾、燕婉、辗转、绵蛮等属于双声兼叠韵关系，狎犹、雎鸠、脊令、驺虞、滂沱等属于非双声叠韵关系。这些词里，名词、动词、形容词都有。这里的双声叠韵，是根据上古的语音系统来说的。所谓双声，是说联绵词中的两个字，在上古属同一声母；所谓叠韵，是说两个字在上古属同一韵部。这与现代汉语的双声叠韵是有区别的。《诗经》中的重言词约有 359 个，其中绝大多数属于象声和状物类。如"关关"、"交交"摹拟鸟声，"填填"、"逢逢"摹拟鼓声，"坎坎"、"丁丁"摹拟伐木声；"夭夭"形容花盛，"浼浼"形容水盛，"琐琐"形容卑微渺小，"悄悄"、"忡忡"形容心忧，等等。联绵词和重言词的使用，使《诗经》的声调和谐，富于韵律感和音乐美。

成语是一种相沿习用、含有某种特定意义的固定词组，是语言词汇中一个特殊的组成部分。《诗经》是汉语成语的重要源头之一，源自《诗经》的成语（包括某些成语的变体）约有 700 条。这些成语，有的是由《诗经》中的文句直接转化而来，如窈窕淑女（《周南·关雎》），桃之夭夭（《周南·桃夭》），不可救药（《大雅·板》）等；有的是将《诗经》文句中的词语或语言结构作适当的改变，如耿耿于怀（《邶风·柏舟》），生不逢辰（《大雅·桑柔》），谆谆告诫（《大雅·抑》）等；有的是由《诗经》中的单句、复句或不同篇、章中的文句节缩而成，如夭桃秾李（《周南·桃夭》、《召南·何彼秾矣》），采兰赠芍（《郑风·溱洧》），营蝇斐锦（《小雅·巷伯》《青蝇》）等；有的是由《诗经》中的词语与其他典故中的词语组合而成，如椿萱并茂（《卫风·伯兮》、《庄子·逍遥游》），尸位素餐（《魏风·伐檀》、《尚书·五子之歌》），同仇敌忾（《秦风·无衣》、《左传·文公四年》）等；有的是由《诗经》中的词语与其他词语组合，概括提炼出新的意义，如泾渭分明（《邶风·谷风》），袍泽之谊（《秦风·无衣》），乔迁之喜（《小雅·伐木》）等。《诗经》成语具有强大的生命力，大多仍为我们所习用；其中某些成语现今已显得较冷僻，但它们曾经活跃于一定历史时期，学习它们有助于我们阅读古籍。

章法：《诗经》章法形式的重要特征就是所谓的"重章叠句"，这是在《诗经》中尤其是在《风》和部分《小雅》里普遍运用的一种表现手法，是指诗歌章与章句式基本相同，意思相近，每章变换少数几个词，反复咏唱，来表达动作的进程或感情的变化。如《周南·芣苢》:“采采芣苢,薄言采之。采采芣苢,薄言有之。采采芣苢,薄言掇之。采采芣苢,薄言捋之。采采芣苢,薄言袺之。采采芣苢,薄言襭之。”全诗三章,只换了六个动词,反复咏唱,互为补充,通过采摘时不同的动作,把劳动场景和人物的感情色彩,全都表现出来了。

《诗经》中的重章叠句,形式多种多样,除了上述全篇同一诗章重叠以外,有的一篇之中有两种重叠形式,如《郑风·丰》共四章,前两章是一种重叠形式,后两章为另一种重叠形式;有的一篇之中,既有重章,也有非重章,如《周南·卷耳》共四章,首章不叠,后三章重叠。

韵律:韵律是诗歌艺术的主要特征。《诗经》三百零五篇,除了《周颂》用于祭祀的八篇诗之外,二百九十七篇全部押韵。押韵的方式很多,但主要有以下三种基本韵式。一是隔句押韵,即在偶句押韵,奇句不押韵。如《陈风·衡门》:“岂其食鱼,必河之鲂?岂其取妻,必齐之姜?”二是间隔用韵,即奇句与奇句押韵,偶句与偶句押韵。如《邶风·静女》:“自牧归荑,洵美且异。匪女之为美,美人之贻。”三是句句押韵,即一韵到底。如《魏风·十亩之间》:“十亩之间兮,桑者闲闲兮,行与子还兮。”《诗经》的用韵,使诗篇节奏铿锵,悦耳动人,韵律和谐,易于诵读,富于音乐美感和艺术魅力。

修辞:在《诗经》语言中,运用了众多的修辞手法。除了前面所述的赋、比、兴之外,还有摹状、对偶、双关、顶真、呼告、设问、反问、比拟、借代、夸张、排比、变文、互文、反衬、引用等。在《诗经》的同一篇中,有时交错使用多种修辞手法,如《小雅·采薇》,使用了借代、设问、反问、对偶、反衬等修辞手法;有时同一种修辞手法被多次使用,如《邶风·谷风》全诗六章,每章都使用了比喻修辞手法。这些修辞手法的广泛运用,使《诗经》语言更加准确、生动、形象,从而使思想内容表现得丰富多彩、生动鲜明,大大增强了作品的艺术感染力。

以上我们对《诗经》的语言特色做了简要的介绍,在《诗经》的每一篇中,它们有各自不同的表现,在表达思想内容、构造艺术形象时,起着不同的作用。

六、结束语

本书从总体上对有关《诗经》的基本知识做了概括的介绍,并选择了五十篇有代表性的诗作进行讲析。讲析的主要内容包括“注释”、“译文”、“导读”三部分，编者分别做了以下工作：

注释方面：参考古今学者的《诗》注，对诗中不易理解的字、词、语句的含义进行详细的解释，尽可能做到概念明确、通俗易懂。对于各家理解不同的某些词句，则选择一种较为合理的解释；可以并存的说法，则以“一说……”的方式附在句后，以便读者有所选择。凡比较生疏的字，均用汉语拼音注音。

译文方面：本书的译文，以直译为主，以意译为辅，尽可能逐句紧扣原诗，力求贴切明白，以有助于初学者了解诗句的本来含义。原诗押的是上古韵，译文押的是十三辙。译文与原诗并列，便于读者对照参阅。

导读方面：对每首诗的主旨或时代背景，作简要的提示。为了帮助初学者读懂《诗经》，对诗的篇章大意和艺术特色作了分析，并介绍了一些相关的知识。

对源自《诗经》的成语，均分篇条列，并举例说明其意义和用法，以丰富和深化读者对《诗经》的认识。

在编撰本书的过程中，认真参考了古代经师对《诗经》的传、注、笺、疏，以及现当代学者关于《诗经》译注、赏析的许多著作和论文，采撷了他们的不少成说。可以说本书是在古今学者《诗经》研究的基础上编撰而成的。由于编者学识疏浅，无论在对诗义的理解还是在文字的表达上，必定有不少疏漏错讹之处，恳切希望得到读者的批评指正。

2014 年 6 月 20 日

目　录

《诗经》分类导读

《诗经》三百零五篇,内容十分广泛,涉及殷周时期社会生活的各个方面。为了便于阅读和比较,近当代许多学人根据《诗经》的思想内容将三百余篇进行了分类,将内容相同或相近的诗篇集中在一起进行研究。所分类别,少则三类、四类,多则七类、十类或十余类。由于对诗篇的内容和价值的理解与评价不一,各家所分类别及每篇诗的类属,往往不尽相同。根据他们的研究成果及编者自己的理解,本书将《诗经》大致分为“爱情婚姻诗”、“农事劳作诗”、“战争徭役诗”、“政治讽刺诗”、“史诗”、“宴饮诗”六大类,并分类选择了有代表性的五十篇进行讲析。

一、爱情婚姻诗

爱情是人类永恒的主题,也是文学创作的重要题材。爱情诗在《诗经》中占有相当的比重,学术界认识较一致的爱情婚姻诗约有五十余首,大约占三百篇的五分之一。其中除少数几篇收入《小雅》外,绝大部分集中在《国风》里。这些诗不仅数量多,而且内容也十分丰富。

《诗经》里的爱情诗,有的反映男女相思之情,如《周南·关雎》《汉广》、《召南·野有死麕》、《邶风·静女》、《郑风·东门之墠》《子衿》《出其东门》《野有蔓草》《溱洧》、《秦风·蒹葭》、《陈风·月出》等;有的反映青年男女失恋的烦恼,如《郑风·狡童》《褰裳》等;有的反映不幸婚姻给妇女带来的痛苦,如《召南·江有汜》、《邶风·柏舟》《谷风》、《卫风·氓》、《王风·中谷有蓷》、《小雅·白华》等;有的反映青年男女反抗封建礼教压迫,对恋爱不自由的控诉,如《鄘风·柏舟》、《郑风·将仲子》等。

《诗经》中,还有一类反映婚姻嫁娶的诗,如《周南·樛木》《桃夭》、《召南·行露》《摽有梅》《何彼襛矣》、《卫风·硕人》、《郑风·丰》、《齐风·著》、《唐风·绸缪》等;以及描写婚后家庭生活的诗,如《周南·葛覃》、《王风·君子阳阳》、《郑风·缁衣》《女曰鸡鸣》、《陈风·防有鹊巢》等。

1. 关雎(周南)

原文	译文
(一)	
关关雎鸠,[1]	雎鸠关关在欢唱,
在河之洲。[2]	相伴河中小岛上。

窈窕淑女，[3]	美丽贤淑的少女，
君子好逑。[4]	当是君子好对象。

（二）

参差荇菜，[5]	长长短短水荇菜，
左右流之。[6]	左边右边顺流采。
窈窕淑女，	美丽贤淑的少女，
寤寐求之。[7]	日夜想向她求爱。

（三）

求之不得，	向她求爱没如愿，
寤寐思服。[8]	日夜将她来思念。
悠哉悠哉，[9]	长长夜啊夜长长，
辗转反侧。[10]	翻来覆去难入眠。

（四）

参差荇菜，	长长短短水荇菜，
左右采之。[11]	左边右边顺流摘。
窈窕淑女，	美丽贤淑的少女，
琴瑟友之。[12]	弹琴鼓瑟相亲爱。

（五）

参差荇菜，	长长短短水荇菜，
左右芼之。[13]	左边右边顺流拔。
窈窕淑女，	美丽贤淑的少女，
钟鼓乐之。[14]	敲钟打鼓欢乐她。

注释

[1]关关:雌雄二鸟的和鸣声。雎(jū)鸠:水鸟名,即鱼鹰。雌雄有固定的配偶,常并游。

[2]河:黄河。洲:水中的陆地。

[3]窈窕(yǎo tiǎo):娴静美好的样子。淑:善,贤惠。

[4]君子:古代贵族男子的通称。逑(qiú):配偶。好逑:好的配偶。

[5]参差(cēn cī):长短不齐的样子。荇(xìng)菜:一种多年生水草。夏天开黄色花,嫩叶可食。

[6]左右:左边右边。一说:左手右手。流:捋取,采摘。一说:顺水之流而取之。

[7]寤(wù):睡醒。寐(mèi):睡着。求之:追求着她。

[8]思服:思念,想念。

[9]悠:长,远。哉:语气词。悠哉:感叹长夜难熬。

[10]辗转:翻来覆去。反侧:身体翻过来,侧过去。辗转、反侧,都是指在床上翻来覆去,睡不着觉。

[11]采:摘取,采择。

[12]友:亲爱。

[13]芼(mào):拔取,择取。

[14]乐:快乐。乐之:使之快乐。

导读

《关雎》是一位男子追求女子的民间情歌。五章,章四句。

全诗共五章,描写一位青年男子,见到一位采摘荇菜的女子,被她的娴静美丽所吸引,偷偷地爱上了她,但又不敢向她表白,只能将与她恋爱、结婚的美好愿望寄托在想象中。

全诗运用了比兴的表现手法,以物起兴,兴中有比;触物生情,寓情于景。首章四句以河洲上对对和鸣的关雎,兴比淑女是君子的好配偶。此章总领全篇。从第二章开始,便细致深入地抒写男子对女子的思念和追求过程,写求之而不得的焦虑和想象求而得之的喜悦。二章以采摘长短不齐的荇菜,兴比男子对女子的苦苦追求。三章是写男子追求女子而不得,故日夜思念,倍觉长夜难熬,躺在床上,翻来覆去,不能入睡。四、五章是写男子想象中与女子欢聚的情景。这两章仍以荇菜起兴,描写了男子在悠扬的琴瑟声与和美的钟鼓声中去亲近女子,使女子欢乐。诗就在这欢乐幸福的幻境中结束了。

本诗章法上的特点是一、三章独立,二、四、五章叠咏。叠咏的三章,“流”、“采”、“芼”三字,意义相通,都有采择的意思,因分章换韵而换字。四、五章末句“琴瑟友之”、“钟鼓乐之”,互文见义,当理解为“以琴瑟、钟鼓友而乐之”。叠韵的三章,反复咏唱,层层推进,增强了诗的艺术感染力,充分表现了诗人对于美满婚姻和幸福生活的追求和愿望。

联绵词的运用也是本诗语言上的另一特色。如诗中鸟名“雎鸠”是非双声叠韵联绵词,摹拟形象的“窈窕”是叠韵联绵词,描写景物的“参差”是双声联绵词,修饰动作的“辗转”是双声叠韵联绵词。这些联绵词的运用,增强了诗歌音调的和谐美和描写人、物的生动性。

《关雎》是《风》的第一篇,也是中国第一部诗歌总集《诗经》的第一篇,历来为人们所重视。孔子《论语》中多次提到《诗》,却只对《关雎》一篇有具体评价。一是:“《关雎》乐而不淫,哀而不伤。”(《论语·八佾》)这是评论它的内容。一是:“《关雎》之乱,洋洋乎盈耳哉!”(《论语·泰伯》)这是称赞它的音乐旋律。关于诗的主旨,历来众说纷纭。《毛诗序》曰:“《关雎》,后妃之德也,《风》之始也,所以风天下而正夫妇也,故用之乡人焉,用之邦国焉。……是以《关雎》乐得淑女,以配君子,忧在进贤,不淫其色,哀窈窕,思贤才,而无伤善之心焉,是《关雎》之义也。”汉、宋以来治《诗》者多承《序》说,认为“君子”指周文王,“淑女”指太姒,诗的主题是歌颂“后妃之德”。三家《诗》却一反《序》说,以为《关雎》是刺康王好色而晏朝。这些说解多是有关政教的题外之旨,与本诗的内容无关。清代有些学者,撇开《序》说,回归文本,涵咏文学而作解。如:牟庭《诗切》解作“成婚礼也”。崔述《读风偶识》谓此诗“乃君子自求良配,而他人代写其哀乐之情耳”。方玉润《诗经原始》谓“风者,皆采自民间者也;若君妃,则以颂体为宜。此诗盖周邑之咏初婚者”。现代研究者大都采用这几家的说法,认为《关雎》是周人歌咏男女婚配和哀乐之情的诗篇。

源自本诗的成语①

“窈窕淑女”,指娴静美丽而又有贤德的女子。用例:不仅仅是古代的男子,就是

① 本书某些成语的现代用例,转引自《汉语成语大全》、《中国成语大辞典》等辞书,这些用例辞书中均未注明出处。

当代的男子对窈窕淑女也情有独钟。

有时也用来指女子体态轻盈。用例：只能怪我太胖，不能怪书架与墙壁之间太窄。因为在前边领路的那位窈窕淑女明明很从容地就走过去了。（萧乾《海外行踪》）

“参差不齐”，指高低不一，长短不齐的样子。也写作“参差不一”。用例：这里地近霍西燕子河，依山傍水，山地上参差不齐地长满了低矮的灌木。（凌力《星星草》上卷第一章）

也用来形容水平不一，或很不整齐。用例：这些学生的学习成绩参差不一。

“梦寐以求”，指在睡梦中还在寻找、追求。形容愿望非常迫切、强烈。用例：这一切，也正是鲁迅所梦寐以求并终生为之奋斗的。（茅盾《联系实际，学习鲁迅》）

“求之不得”，谓寻求或追求而得不到。指所欲未遂。用例：他们一度求之不得的东西为什么现在要丢弃呢？

也用来形容很久有此愿望终于得以实现。指意外遂愿。用例：大舅倒是一说就答应了。他还说这是求之不得的机会。（巴金《秋》）

“辗转反侧”，指翻来覆去睡不着觉。形容心事重重或有所思念。用例：他躺在床上辗转反侧，思潮起落个不停。（巴金《春》）

“左右采获”，比喻研究学问，多方收集资料。用例：他在这个课题的研究过程中，多方吸取有用的东西，左右采获，使他原来的理论得到了极大的丰富。

也用来泛指从各方面得到教益和好处。用例：几年之中，每天从早到晚，张舜徽先生都到北海图书馆读书，日有定程。加之有名师指点，他左右采获，受益良多。（曾周《张舜徽先生其人其学其书》）

2. 汉广（周南）

原文	译文
（一）	
南有乔木，[1]	南边大树枝叶高，
不可休思。[2]	不便歇息荫凉少。

汉有游女，[3]	汉水岸边有游女，
不可求思。	没有办法追求到。
汉之广矣，	汉水茫茫宽又宽，
不可泳思。[4]	不能游到彼岸上。
江之永矣，[5]	江水滔滔长又长，
不可方思。[6]	不能乘筏渡过江。

（二）

翘翘错薪，[7]	杂柴乱草多又高，
言刈其楚。[8]	我到丛中砍荆条。
之子于归，[9]	这个姑娘要出嫁，
言秣其马。[10]	我把马儿喂个饱。
汉之广矣，	汉水茫茫宽又宽，
不可泳思。	不能游到彼岸上。
江之永矣，	江水滔滔长又长，
不可方思。	不能乘筏渡过江。

（三）

翘翘错薪，	杂柴乱草多又高，
言刈其蒌。[11]	我到水边割蒌蒿。
之子于归，	这个姑娘要出嫁，
言秣其驹。[12]	我把马驹喂个饱。
汉之广矣，	汉水茫茫宽又宽，
不可泳思。	不能游到彼岸上。
江之永矣，	江水滔滔长又长，
不可方思。	不能乘筏渡过江。

注释

[1]乔木:高大的树木。

[2]休:休息。这两句是说树木高耸,下少枝叶,不便在下面休息。思:句末助词。下同。

[3]汉:汉水。长江最大的支流。游女:出游的女子。《韩诗》释“游女”为汉水的女神。

[4]泳:游泳,泅水。

[5]江:长江。永:长。

[6]方:用竹木编成的筏子。此处用作动词。乘筏渡水。

[7]翘(qiáo)翘:众多的样子。一说:高大的样子。错:杂乱。薪:柴。错薪:杂乱的柴草。

[8]言:助词。下同。刈(yì):割。楚:灌木名,也叫荆。

[9]之:此,这。之子:这个女子。于:助词。于归:女子出嫁。

[10]秣(mò):用草料喂牲口。

[11]蒌(lóu):蒌蒿,也叫白蒿。生在水泽中的草类,嫩时茎叶可食,老则为薪。

[12]驹:小马。

导读

《汉广》是描写一个男子爱慕一个女子而不能如愿以偿的民间情歌。三章,章八句。

诗的首章皆为兴体,前四句以乔木不可休、游女不可求,兴比女子高不可攀,不可求而得之;后四句以汉广不可游、江永不可渡,兴比男子和女子之间有难以逾越的障碍,以致求之不得而深感痛苦和失望,只能面对浩渺无边的江汉之水,徘徊瞻望,长歌浩叹。二、三章叠咏,前四句只换了两个字,反复地描绘了男子幻想有朝一日能得到她。每章首二句也为兴体,以高低错杂的草木,当割取其中的荆条与蒌蒿,兴比男子求偶就要选择最好的姑娘。此时男子仍痴情地幻想着爱情理想的实现:等到那女子嫁我时,我就喂饱马驹驾车去迎娶她。每章后四句一字不换,反复咏叹。这是幻境破灭后的长歌当哭,比之一章首唱,更加感人肺腑,进一步加强了抒情效果。

这首诗有情有景,情景交融,男子由希望而失望,由失望而幻想,最后幻想破灭的情感历程与“汉广江永”的自然景色浑然一体,通过比兴的手法,将男子的痴情执着、失望痛苦以及无可奈何的心境,描写得淋漓尽致,感人至深。

《汉广》是中国山水文学的发轫,在中国文学史上影响深远。闻一多谓《汉广》“借神女之不可求以喻彼人之不可得,已开《洛神赋》之先声”(《风诗类钞》)。陈子展说:“试观曹植《洛神赋》、陈琳《神女赋》、郭璞《江赋》,莫不受三家说《汉广》一诗之影响。”(《诗经直解》)

这首诗中的“薪”,也多次出现在《诗经》中与婚恋有关的诗篇或诗句中,或以“薪”为喻,或以“薪”起兴,并形成“伐薪”、“析薪”、“束薪”、“获薪”、“栗薪”等组合。魏源说:“三百篇言‘取妻’者,皆以‘析薪’起兴,盖古者嫁娶必以燎炬为烛,故《南山》之‘析薪’,《车辖》之‘析柞’,《绸缪》之‘束薪’,《豳风》之‘伐柯’皆与此‘错薪’、‘刈楚’同兴。”(《诗古微·周南答问》)闻一多也曾提出过“薪”与古代婚礼的关系,谓“‘析薪’、‘束薪’盖上古婚礼中实有之仪式,非泛泛举譬也”(《诗经通义》)。后来,“薪”逐渐变成了婚礼中的重要聘礼。先秦时代的婚姻习俗,当男女合婚时,男家送到女家的聘礼中,除了羔、雁等物外,还要有薪柴之类的象征物品。

源自本诗的成语

“之子于归”,谓这位女子出嫁。后用来泛指女子出嫁。用例:之子于归,归向何处?都市中的谈笑是不是可以找到她的心灵归宿?

3. 野有死麕(召南)

原文	译文
(一)	
野有死麕,[1]	郊野有只猎获的死獐,
白茅包之。[2]	洁白的茅草将它裹包。
有女怀春,[3]	有一位少女春心荡漾,
吉士诱之。[4]	好小伙上前和她逗撩。

（二）

林有朴樕，[5]	森林中有丛生的小树，
野有死鹿。	郊野有只猎获的死鹿。
白茅纯束，[6]	洁白的茅草将它捆绑，
有女如玉。	有一位少女颜如美玉。

（三）

“舒而脱脱兮！[7]	“慢慢来啊脚步轻！
无感我帨兮！[8]	不要扯动我佩巾！
无使尨也吠！”[9]	别惹狗儿叫出声！”

注释

[1]麕(jūn)：兽名，似鹿而小，无角，俗名獐子。

[2]白茅：草名，初夏时开白花。也叫茅草、丝茅草。

[3]怀春：思春。指男女情欲萌动，多指女性。

[4]吉：好，善。士：男子的通称。吉士：好小伙子。诱：挑逗，引诱。

[5]朴樕(sù)：丛生的小树。

[6]纯(tún)束：包裹，捆绑。

[7]舒：舒缓，从容。舒而：犹“舒然”。慢慢地。脱(tuì)脱：从容缓慢的样子。此处形容走路慢，脚步轻的状态。

[8]无：通“毋”。不要，别。感(hàn)：通“撼”。触动。帨(shuì)：古代女子系在腹前的佩巾，犹如今之围裙。

[9]尨(máng)：多毛的狗。

导读

《野有死麕》是描写一对青年男女恋爱的诗歌。三章，二章章四句，一章三句。

全诗共三章。首章描写一位打猎的小伙子，在郊野搜寻猎物时，遇到一位情欲萌动的少女，顿生爱慕之心，于是将猎获的獐子用洁白的茅草包裹好，赠予女子以引诱她，想讨得她的欢心。第二章描写在散布着灌木丛的林子里，男子把砍下的柴薪和猎获的小鹿用白茅捆绑好，作为贽礼向美丽纯洁的少女求婚。末章是两人夜间幽会的场面。少女初次和情人幽会，担心被人发现，便羞涩地反复叮嘱小伙子："轻轻地，慢慢来，不要扯动我的佩巾，不要惹得狗儿叫出声！"

这首诗篇幅短小，仅11句47个字，就将青年猎手猎获麕鹿，追求少女，以及备礼求婚到幽会偷情的整个故事的发展过程，生动、形象地展现在读者面前，可见作者取材、用语之精严。全诗语言质朴、生动，特别是末章口语的运用，将初恋少女羞涩、谨慎、温婉、含蓄的神情举止描写得活灵活现。这些都是本诗在艺术上值得肯定的地方。

源自本诗的成语

"有女怀春"，指女子萌发求偶的情思。用例：眼看女儿都二十多了，有女怀春，不如早点把她嫁出去。

4. 静女（邶风）

原文	译文
（一）	
静女其姝，[1]	文静姑娘好美丽，
俟我于城隅。[2]	约我幽会城角里。
爱而不见，[3]	躲躲藏藏看不见，
搔首踟蹰。[4]	挠头徘徊心着急。
（二）	
静女其娈，[5]	文静姑娘容貌靓，
贻我彤管。[6]	送我彤管情意长。
彤管有炜，[7]	彤管红亮放光彩，

说怿女美。[8]　　爱你因为你漂亮。

（三）

自牧归荑，[9]　　郊野回来赠白荑，
洵美且异。[10]　　诚然美妙又珍奇。
匪女之为美，[11]　　不是荑草有多美，
美人之贻。　　美人相赠传情意。

注释

[1]静：贞静，文静。静女：文静娴雅的女子。其：助词。姝（shū）：美丽。其姝：犹“姝姝”。美丽的样子。

[2]俟（sì）：等待。隅（yú）：角，角落。城隅：城角，即城边僻静的角落。一说：城上的角楼。

[3]爱：通“薆”。隐蔽，躲藏。爱而：犹“爱然”。隐蔽的样子。

[4]搔首：用手挠头。踟蹰（chí chú）：徘徊不定，走来走去。

[5]娈（luán）：义同“姝”。其：助词。其娈：犹“娈娈”。美好的样子。

[6]贻（yì）：赠送。彤（tóng）：朱红色。彤管：红管的笔。一说：一种管乐器。一说：红色有管的茅草，和下文“荑”应是一物。古今学者对此看法不一，至今无定论。只有朱熹说“未详何物”，态度最为谨慎。

[7]有：助词。炜（wěi）：红亮鲜明。有炜：犹“炜炜”。红亮鲜明的样子。

[8]说（yuè）：同“悦”。喜爱。怿（yì）：义同“说”。女：通“汝”。此指“彤管”。

[9]牧：郊外。归：通“馈”。赠送。荑（tí）：白嫩的茅草。古代往往以白茅来象征婚媾。

[10]洵：副词。确实，诚然。异：奇特，奇异。

[11]匪：通“非”。不是。女：此指“荑”。

导读

《静女》是一首描写青年男女幽会的诗。三章，章四句。

全诗以男子的口吻，生动地描绘了他和女子幽会的全过程。首章前两句是说，一位文静美丽的女子，与男友相约在城角幽会。三、四句写女子先行来到会面的地点，

为了逗乐，她悄悄地躲了起来。男子怀着愉快、幸福的心情，如约而至，却没见到女子，于是非常着急，心神不安，禁不住“搔首踟蹰”起来。这就把女子的天真活泼和男子的焦虑不安，表现得活灵活现。

第二章开始写他们会面后的情景。女子赠给男子一件礼物——一支红亮有光泽的“彤管”，以表达对男子的爱意。男子接过礼物以后，心中充满喜悦，语带双关地说，这支“彤管”美丽极了，他非常喜爱。表面上是赞美物，实际上是赞美人，将男子对女子的深情和迷恋，表现得婉曲有致。

第三章写男子对女子的爱恋之情得到进一步升华。女子把从郊野带回来的一支荑草赠给了男子，这一看似普通的荑草，却受到男子极度的赞美，说它“洵美且异”。然后笔锋一转，加以否定，“匪女之为美”，而是因为它是“美人之贻”，其价值在于它是爱情的信物。这里用否定形式深化了诗的意境。

这首小诗很短，仅有三章十二句，却把民间男女幽会的情景描写得生动逼真，情趣盎然。全诗语言简练、质朴，构思巧妙，生活气息浓烈。正如程俊英所说：“此诗以人人所能之言，道人人难表之情，自然生动，一片天籁。”（《诗经注析》）

源自本诗的成语

“搔首踟蹰”，形容心情焦急、惶惑或犹豫。用例：丞相迎风而立，面对孤月，搔首踟蹰至半夜，也终未有良策。

5. 东门之墠（郑风）

原文	译文
（一）	
东门之墠，[1]	东门外面有广场，
茹藘在阪。[2]	茜草长在山坡上。
其室则迩，[3]	你家就在我附近，
其人甚远。	你人却像在远方。

（二）

东门之栗，	东门外面有栗树，
有践家室。[4]	房屋排列一座座。
岂不尔思？[5]	难道我不想念你？
子不我即。[6]	是你不来亲近我。

注释

[1]墠（shàn）：经过清除平整的场地。

[2]茹藘（rú lǘ）：茜草，其根可制作绛红色染料。阪（bǎn）：坡，山坡。

[3]室：房屋。迩：近。

[4]有：助词。有践：犹“践践”。排列整齐的样子。一说：浅陋的样子。一说：善，好。家室：房屋，住宅。

[5]岂不尔思：“岂不思尔”的倒文。难道我不想你？

[6]即：就，接近。子不我即：“子不即我”的倒文。你不来找我。

导读

《东门之墠》是一首男女相互唱和的民间恋歌。二章，章四句。

诗中女子与她的恋人住得很近，但无由相会，深有咫尺天涯之叹。全诗两章，今人有男词、女词或男女唱和之分，今从“男女唱和”说：上章男唱，下章女唱；一唱一和，分别抒发了内心焦急、渴望之情。

两章的前两句，描写了男子与女子住所的特定环境：城的东门外，有块平坦整洁的场地，旁边的小山坡上长满了茜草；附近有一片茂密成荫的栗树林，一排排屋舍坐落其中。展现在人们面前的是一幅优美迷人的画面。诗中的男女都居住在这个优美的环境中，虽近在咫尺，却可望而不可即。

首章后两句是写男子对女子的相思之苦。“其室则迩”，是指女子的家近在眼前；“其人甚远”，是指两人相思而不能相会，好似相隔遥远。第二章后两句是写女子对男子的爱慕与期待。“岂不尔思，子不我即”，是女子羞怯娇嗔地向男子表明自己的心迹：我怎么会不思念你呢？是你自己不肯来亲近我。

方玉润说：“就首章而观，曰‘室迩人远’者，男求女之词也。就次章而论，曰‘子不我即'者,女望男之心也。"(《诗经原始》)男有所求,女有所望,本当喜结良缘,却因受古代礼俗的约束,不能如愿。面对现实,这对恋人十分无奈,在相互唱和中,表达了他们对爱情的渴望以及内心的委屈与惆怅。

本诗值得一提的艺术表现手法是比喻的运用。每章的前两句,起兴当中含有比喻:因茜草的根可制作绛红色染料,染制嫁衣,故以茜草暗喻男子心中所思的女子;而栗薪是嫁娶时聘礼中必备之物,故以栗树暗喻女子所钟情的男子。这些贴切的比喻,激发了读者的审美冲动和审美联想。

源自本诗的成语

"室迩人远",表示对远人的思念或对死者的悼念。也写作"室迩人遥"。用例:回到故居,望着双亲生前亲自堆砌的屋宅,室迩人远,他不禁潸然泪下。/你的来信我已经收到,想到室迩人遥,不能相见,十分怀念。

6. 子衿(郑风)

原文	译文
(一)	
青青子衿,[1]	你的衣领颜色青青,
悠悠我心。[2]	我的内心思念不已。
纵我不往,[3]	纵使我没有去看你,
子宁不嗣音?[4]	你难道不能传信息?
(二)	
青青子佩,[5]	你的佩玉颜色青青,
悠悠我思。	我的内心思念不已。
纵我不往,	纵使我没有去看你,
子宁不来?	你难道不能来这里?

（三）

挑兮达兮，[6]	走来走去心神不宁，
在城阙兮。[7]	孤单一人等在城阙。
一日不见，	如果一天没有见你，
如三月兮。	就好像隔了三个月。

注释

[1]子：古代对男子的尊称。此指诗中女子的情人。衿（jīn）：衣领。

[2]悠悠：思念不已的样子。

[3]纵：纵使，即使。

[4]宁（nìng）：反诘副词。岂，难道。嗣（sì）：通“贻”。给，寄。音：信息，音信，音问。

[5]佩：佩玉。一说：系佩玉的绶带。

[6]挑达（tāo tà）：独自走来走去的样子。

[7]城阙：城门两边的观楼。

导读

《子衿》是一首女子思念情人的诗。三章，章四句。

全诗以第一人称的语气叙事抒情。前两章意思大体相同，写女子的内心活动。“青青子衿”、“青青子佩”，以情人常穿戴的服饰代指情人。“悠悠我心”、“悠悠我思”，是说女子内心深爱着情人，对他思念不已。如今因故不能相见，但情人既音信全无，又踪影不见，引起了女子的埋怨：纵使我没有去看望你，你难道就不能给我捎个信？你难道就不能主动前来找我？表露出女子的幽怨之情。末章描写女子的行动和感受。前两句，写女子忍受不了相思的折磨，便到城门的观楼上一个人独自徘徊，等待情人前来幽会。结尾两句，写女子久候而情人未至，不禁心烦意乱，万分焦急，觉得等待的时间特别难熬，一天没看到他，就好像隔了三个月之久。

这首诗的创作手法，除了借代和夸张的修辞技巧外，最具特色的是人物心理活动的描写。这对情人之间，似乎发生了某种误会，男子没来赴约，也没捎来信息，女子深深地思念着他，急于和他幽会，但少女的矜持使她羞于先去迁就他，只好埋怨：“纵我不往，子宁不嗣音？”“子宁不来？”末章“一日不见，如三月兮”的内心独白，通过夸张的修辞，将热恋中的女子惆怅、焦虑的心理状态表现得淋漓尽致。钱锺书谓《子衿》“已开后世小说言情心理描绘矣”（《管锥编·毛诗正义》）。

旧时以此诗为刺诗。《毛序》：“《子衿》，刺学校废也。”《毛传》：“青衿，青领也，学子之所服。”后世“青衿”一词便成为读书人的代称。但是我们在诗中看不出什么“学校废”的迹象，《毛序》的误解是显然的。现今治《诗》罕有用《毛序》之说者，但它在历史上的影响还是很深广的。曹操《短歌行》有云：“青青子衿，悠悠我心。但为君故，沉吟至今。”诗中借用《子衿》成句，以表示对贤才的思慕，就是对《毛序》的继承和发挥。

曹操这种借用前人成句来表达自己意思的办法，极富创意，后来诗歌创作中流行的借句（在自己的诗作中借用前人的诗句）以及集句（从各处摘取前人诗句拼成一首新的诗作），大约都从这里得到了某种启示和鼓舞。

7. 出其东门（郑风）

原 文	译 文
（一）	
出其东门，[1]	信步出了城东门，
有女如云。[2]	游女多如天上云。
虽则如云，	虽然多如天上云，
匪我思存。[3]	不是我的意中人。
缟衣綦巾，[4]	只有素衣绿佩巾，
聊乐我员。[5]	才可使我乐开心。
（二）	
出其闉阇，[6]	信步来到曲城外，
有女如荼。[7]	游女多似荼花开。
虽则如荼，	虽然多似荼花开，

匪我思且。[8]	不是我的心所怀。
缟衣茹藘，[9]	只有素衣红佩巾，
聊可与娱。[10]	才可相与心欢快。

注释

[1]东门：城东之门，郑国游人聚集的处所。

[2]如云：比喻游女众多。

[3]匪：通“非”。不是。思存：思念。

[4]缟(gǎo)：素色的丝织品。綦(qí)：暗绿色。巾：佩巾。“缟衣綦巾”是当时妇女较俭朴的服饰。此处代指着缟衣綦巾的妇女。

[5]聊：姑且，暂且。乐我：使我快乐。员(yún)：语助词。同“云”。

[6]闉阇(yīn dū)：城外瓮城的重门。亦泛指城门。

[7]荼(tú)：白色茅花。茅花开时一片皆白。如荼：比喻游女众多。

[8]且(cú)：存。思且：义同“思存”。

[9]茹藘：此处代指绛红色的佩巾。

[10]娱：快乐，欢愉。

导读

《出其东门》是一位男子表示对爱情忠贞不贰的诗篇。二章，章六句。

据古代郑国的风俗，每逢春季，青年男女可以出游踏青，相与聚会，这是他们相互表白自己的情怀而求其爱侣的极好机会。城东门之外的郊野，是当时游人聚集的处所。全诗二章复叠，描写了男主人公步出东门后的所见所感。每章头两句，写了东门之外，游女“如云”、“如荼”。“如云”形容游女众多，“如荼”形容游女像遍野的白茅花一样又多又美。看到众多的美女，男子是否怦然心动，要做出爱的选择呢？从第三句起，笔锋一转，写出了男子真实的内心世界：“虽则如云，匪我思存”、“虽则如荼，匪我思且”，这么多的美女都不是他所思念的意中人。那么，男子所属意的女子是谁呢？每章最后两句“缟衣綦巾，聊乐我员”、“缟衣茹藘，聊可与娱”给出了答案，只有那位衣着朴素的普通女子，才是他心中最爱的可以共欢娱的人。

诗中的那位“缟衣綦巾”、“缟衣茹藘”的女子，说者有的认为是众多游女中的某一位姑娘，有的认为是男子家中生活俭朴、安于贫贱的妻子或其心中的恋人，这几种理解都是可通的。诗篇运用烘托与对比的手法,深刻表现了男主人公对待爱情坚贞不渝的高尚情操。

这首诗巧妙地运用了借代与反衬的修辞手法。"缟衣綦巾"、"缟衣茹藘",是当时妇女较简朴的服饰,诗中用来代指穿着简朴的女子;"茹藘"是其根可制作绛红色染料的茜草,诗中用来代指绛红色的佩巾。借代的运用,使语言富于变化,避免重复,更加形象生动。诗中描写女子"如云"、"如荼",是为了衬托出诗人心仪的那位姑娘。反衬的运用,既使行文曲折,波澜起伏,又突出了诗人的情有独钟。

8. 溱洧(郑风)

原文	译文
(一)	
溱与洧,[1]	溱河与洧河,
方涣涣兮。[2]	河水正哗哗流淌。
士与女,[3]	少男和少女,
方秉蕑兮。[4]	手捧兰草来游逛。
女曰:"观乎?"	姑娘说:"去看看吗?"
士曰:"既且。"[5]	小伙说:"已经去过了。"
"且往观乎![6]	"再去看看吧!
洧之外,	洧水那边,
洵訏且乐。"[7]	的确宽敞又好玩。"
维士与女,[8]	少男和少女,
伊其相谑,[9]	互相调笑喜洋洋,
赠之以勺药。[10]	送支芍药情意长。
(二)	
溱与洧,	溱河与洧河,

浏其清矣。[11]
士与女，
殷其盈矣。[12]
女曰："观乎？"
士曰："既且。"
"且往观乎！
洧之外，
洵订且乐。"
维士与女，
伊其将谑，[13]
赠之以勺药。

春来河水清亮亮。
少男和少女，
挤拥河边闹嚷嚷。
姑娘说："去看看吗？"
小伙说："已经去过了。"
"再去看看吧！
洧水那边，
的确宽敞又好玩。"
少男和少女，
互相调笑喜洋洋，
送支芍药情意长。

注释

[1]溱(zhēn)、洧(wěi)：郑国两条水名，在今河南省境内。

[2]方：正在。涣涣：水流盛大的样子。

[3]士与女：此处与下文的"维士与女"，皆泛指春游的男男女女；而下句"士曰"、"女曰"的"士"、"女"，则是专指其中某一位男士和女士。下章同此。

[4]秉：执，拿。蕑(jiān)：一种兰草。

[5]既：已经。且(cú)：通"徂"。去，往。

[6]且(qiě)：再。

[7]洵：副词。的确，确实。订(xū)：广大无边。

[8]维：助词。

[9]伊：助词。谑(xuè)：开玩笑。相谑：互相调笑逗乐。

[10]勺药：即"芍药"，一种香草，与今之木芍药不同。诗中男女以芍药相赠，作为定情的信物。

[11]浏(liú)：水流清澈。浏其：犹"浏然"。水流清澈的样子。

[12]殷：盛，众多。殷其：犹"殷殷"。众多的样子。盈：满。

[13]将：相，互相。

导读

《溱洧》是一首描写郑国三月上巳节青年男女在溱、洧两河岸边赏春玩乐的诗。二章，章十二句。

上巳节是古代的一种节日，时间是每年夏历三月上巳之日。汉以前，上巳必取巳日，但不一定是三月初三；自魏晋以后，上巳节固定在三月初三。郑国的风俗，上巳节这天，人们要到溱、洧两河边上举行“招魂续魄，祓除不祥”的盛大集会，以祈求幸福和安宁。这一天也是青年男女进行社交、谈情说爱、寻找友谊和爱情的好机会。诗人以第三者的口吻，巧妙地抓住了一个典型情节，即以一对青年男女的游乐对话为中心，从旁描绘了上巳节那天青年男女欢乐聚会的动人情景。全诗共两章，每章内容基本一致，只是个别字词稍有变动，形成重章叠句。诗篇每章头两句，描绘了溱、洧两岸的自然景象。三、四两句，描写了游人熙熙攘攘，手持兰花，涌向河边的热闹场面。接下来的五个诗句，通过一男一女的对话，描绘了一对情人商议同去河边游乐的生动画面。最后三句，描写了聚会的青年男女欢乐调笑，互赠芍药的情景。这一结尾，巧妙地揭示了诗歌的主题。

本诗的艺术表现手法也很有特色，全诗运用赋法写出了当时的地点、景物、人物的对话和动作，层次分明，情节曲折，语言形象生动，把整个节日的欢乐场景和盘托出，描绘了一幅富有青春活力的古代风俗画面。

方玉润谓《溱洧》一诗“在三百篇中别为一种，开后世冶游艳诗之祖”（《诗经原始》），它对后世诗人创作游春一类诗歌有很大的影响。

源自本诗的成语

“采兰赠芍”，指男女间相互馈赠以示相爱，也写作“采兰赠药”。用例：那些采兰赠芍的雅事，都已是四十年前的往事了。/经历了多年的花前月下、采兰赠药的恋爱长跑，这对有情人终成眷属。

9. 蒹葭（秦风）

原文	译文
（一）	
蒹葭苍苍，[1]	芦苇苍苍河边长，
白露为霜。	叶上露水凝成霜。
所谓伊人，[2]	我所思念的那人，
在水一方。[3]	就在河水那一旁。
溯洄从之，[4]	逆流而上追寻她，
道阻且长。[5]	道路险阻又漫长。
溯游从之，[6]	顺流而下追寻她，
宛在水中央。[7]	仿佛在那水中央。
（二）	
蒹葭萋萋，	芦苇萋萋河边长，
白露未晞。[8]	叶上露水还未干。
所谓伊人，	我所思念的那人，
在水之湄。[9]	就在河水那一岸。
溯洄从之，	逆流而上追寻她，
道阻且跻。[10]	道路险阻陡难攀。
溯游从之，	顺流而下追寻她，
宛在水中坻。[11]	仿佛在那水中滩。
（三）	
蒹葭采采，	芦苇采采河边长，

白露未已。[12]	叶上露水未全干。
所谓伊人,	我所思念的那人,
在水之涘。[13]	就在河水那一边。
溯洄从之,	逆流而上追寻她,
道阻且右。[14]	道路险阻曲弯弯。
溯游从之,	顺流而下追寻她,
宛在水中沚。[15]	仿佛在那岛中间。

注释

[1]蒹葭(jiān jiā):没长穗的芦苇。苍苍:茂盛的样子。下文"萋萋"、"采采"义同。

[2]所谓:所说的。此处指诗人心中所说的,所思念着的。伊:指示代词。"此"或"彼"。伊人:此人,彼人。指诗人所追寻的意中人。

[3]方:"方"、"旁"古通用。一方:一旁,一边。

[4]溯洄:逆流而上。从:追赶,追寻。

[5]阻:险阻。指道路上障碍很多,很难走。

[6]溯游:顺流而下。

[7]宛:仿佛,好像。

[8]晞(xī):干。

[9]湄(méi):水和草交接的地方,也就是岸边。

[10]跻(jī):登,升高。此处指地势陡峭,难以攀登。

[11]坻(chí):水中的小沙洲或小块陆地。

[12]已:止,停止。未已:犹"未晞",露水还未干。

[13]涘(sì):水边。

[14]右:向右转弯,迂回弯曲。

[15]沚(zhǐ):小渚,水中的小块陆地。

导读

《蒹葭》是一首抒写思慕、追求意中人而不可得的诗。三章,章八句。

全诗三章都是"叙物以言情"的赋体,每章前两句写景,后六句是叙事抒情。二、三章是首章的反复，与首章句数相等，字数相同，只是在韵脚处换了几个字。就用韵而言，虽然三章所押上古韵的韵部不同，但韵脚的位置都相同，都是第一句入韵，其余是偶句押韵。

首章写的是一个深秋的清晨，河边一片片茂盛的芦苇，叶上沾满了洁白的寒霜。诗中的主人公来到河边，面对萧瑟冷落的景色，徘徊观望。他在寻找心中日夜思念的"伊人"，觉得她仿佛就在河的那一边。于是他沿着水边崎岖漫长的小路，逆流而上，又顺流而下到处追寻。而"伊人"却来去无踪影，"宛在水中央"，虽隐约可见，却遥不可及。

二、三章的意思和首章大体相同。"萋萋"、"采采"、"苍苍"义同；"在水之湄"、"在水之涘"、"在水一方"义通；"宛在水中坻"、"宛在水中沚"、"宛在水中央"义近；"道阻且长"、"道阻且跻"、"道阻且右"意义互相补充，是说道路崎岖漫长、陡峭曲折、险阻难行。方玉润评论此诗说："三章只一意，特换韵耳。其实首章已成绝唱。古人作诗多一意化为三叠，所谓一唱三叹，佳者多有余音，此则兴尽首章，不可不知也。"（《诗经原始》）但方氏之说似有未当。因首章"白露为霜"，是写清晨气温较低，凝霜浓重；二章"白露未晞"，是写日出在即，气温略有回升，凝霜渐融而未干；三章"白露未已"，是写日出后阳光普照，凝露将收。从"为霜"到"未晞"再到"未已"，表现了时间的推移和情境的转换，也反映诗人越来越迫切地想找到"伊人"的心情。此诗"一唱三叹"，并非机械地重复，而是情节上层层推进，情感上步步加深，方氏所谓"兴尽首章"，非为的论。

本诗在艺术上颇具特色，它可概括为：情景交融、动静结合、虚实相间。每章开头两句，是写深秋的早晨河边的芦苇沾满白露的景象，三、四句是写诗人对彼岸"伊人"的思念之情。它们既点明了季节、时间和环境，又渲染了萧瑟凄清的气氛，烘托了人物怅惘的情绪，达到了情景交融的艺术境界。诗中蒹葭、霜露、小道、坻沚等自然景色是静态的，而诗人的上下求索和"伊人"的行程是动态的，有动有静，动静结合，构成了一幅动人的画面。诗中反复描写诗人对"伊人"的追寻，及追寻过程中眼中所见，是实；而诗人想象中的"伊人"若隐若现，不可捉摸，她的处所朦胧缥缈，遥不可及，是虚。虚实相间，营造了一种潇洒飘逸的意境，更好地体现了诗人对"伊人"的诚挚情感及求之不得的失望与惆怅。陈继揆《读诗臆补》谓此诗"意境空旷，寄托元淡。秦川咫尺，宛然有三山云气，竹影仙风。故此诗在《国风》为第一篇缥缈文字，宜以恍惚迷离读之"。

《蒹葭》的思想和艺术成就，使其成为《诗经》中的名篇，对后世的诗歌创作，无疑是有很大影响的。如屈原《九歌·湘夫人》、宋玉《九辩》、曹丕《燕歌行》等作品都兼有《蒹葭》一诗的意境和韵味。

源自本诗的成语

“秋水伊人”，指意中所思恋的那个人。也写作“蒹葭伊人”。用例：月圆之夜，登高望远，令人不禁想念远方的秋水伊人。/我想追溯，若星相可回转千年，蒹葭伊人是否会拈花而笑。

“蒹葭之思”，指对意中人的思念之情。也用来表示对人的怀念。旧时常用作书信中的套语。用例：传说当年茶花仙子每晚来这里抚琴，倾诉蒹葭之思，曲儿婉转，歌儿低回。/辛巳冬，河东君赴姑苏疗疾，越岁未归，不胜蒹葭之思，诗以促之。（刘斯奋《白门柳·夕阳芳草》第一章）

10. 狡童（郑风）

原 文	译 文
（一）	
彼狡童兮，[1]	那个狡猾的家伙啊，
不与我言兮。	不再愿和我交谈啊。
维子之故，[2]	因为你的缘故，
使我不能餐兮。	使得我吃不下饭啊。
（二）	
彼狡童兮，	那个狡猾的家伙啊，
不与我食兮。[3]	不再愿和我共餐啊。
维子之故，	因为你的缘故，
使我不能息兮。[4]	使得我坐卧不安啊。

注释

[1]狡童:狡猾的少年。一说:漂亮的少年。

[2]维:因为。子:指狡童。

[3]不与我食:指不和我在一起吃饭。

[4]息:安宁,安定。“不能息”,指因心绪不宁而坐卧不安。一说:指睡不安稳。

导读

《狡童》是一首写女子失恋的诗。二章,章四句。

诗中的女子和恋人之间偶尔产生了矛盾,对方对她的态度相较平日有些微妙的改变,敏感的她为之困惑和焦虑。全诗以女子独白的口吻,诉说了自己失恋的痛苦情形。

全诗两章,复沓叠咏,其间只调换了两个字,有层次地表现了这对恋人之间冷战升级的过程。首章是女子诉说恋人一反常态,对她不理不睬,不与她说话。因为这个缘故,她焦虑得吃不下饭。末章是女子诉说恋人对她的冷淡更进了一步,竟然连餐也不与她共进了。因为这个缘故,她心绪烦乱,坐卧不安。

照说若夫妻之间有点小矛盾,以致互相之间不理睬、不讲话,甚至于不一块进餐,都是生活中的小事,不足为怪,但这些事发生在恋人之间情况就不同了。诗中的女子正处在热恋之中,非常敏感,她从恋人态度的微妙改变中,感到一种危机。因为她深爱着对方,害怕失去他,故在责怨时语带娇嗔,渴望在这痛苦的时候能得到恋人的怜惜和爱抚,她仍相信恋人会因爱她而回心转意。

本诗结构简单,语言简要素朴、明白如话,短短的38个字,生动、形象地刻画了一位初遭失恋而伤心、痛苦,却又情感缠绵悱恻,对恋人仍情深意厚的少女形象。

11. 褰裳（郑风）

原文 译文

（一）

原文	译文
子惠思我，[1]	你若爱我想念我，
褰裳涉溱。[2]	撩起衣裳过溱河。
子不我思，[3]	你不把我放心上，
岂无他人？[4]	岂无他人来爱我？
狂童之狂也且！[5]	你这狂妄的家伙！

（二）

原文	译文
子惠思我，	你若爱我想念我，
褰裳涉洧。[6]	撩起衣裳过洧河。
子不我思，	你不把我放心上，
岂无他士？[7]	岂无他人来爱我？
狂童之狂也且！	你这狂妄的家伙！

注释

[1]子：你。指女子的情人。惠：见爱，爱我。一说：见惠，对我好。思：想念，挂念。

[2]褰（qiān）：撩起，提起。裳：下衣，下裙。涉：趟水过河。溱（zhēn）：郑国水名，源出河南新密市东北的圣水峪，下流与洧水汇合。

[3]子不我思：即“子不思我”的倒文。

[4]他人：其他男人。

[5]狂童：狂妄任性的少年。一说：痴愚的少年。之：助词。也且（jū）：语助词连用。犹“也哉”。“也”表示确定，“且”表示感叹。

[6]洧（wěi）：郑国水名，东流合溱水后为双洎河。

[7]他士:与上章“他人”义同。

导读

《褰裳》是一位女子责备情人变心的诗。二章,章五句。

诗中的女子在和情侣闹别扭,她深爱着的情人久未来与她相会,她担心他会变心,急着和他见面。但矜持的她,没有直接说出口,而是以直率、泼辣的口吻对情人进行了责备,表明了自己的态度。

全诗共两章,其间虽然调换了两个字,但意思完全相同。“溱”、“洧”是指溱水、洧水一带地域,当时此地风俗比较开放,青年男女可以自由交往,互相表达爱意。以“士”易“人”,是因与“洧”押韵之故,不必如某些注家分二者为“一般男子”与“未婚男子”。两章复沓,回环往复,一唱三叹,可以深化主题,渲染气氛,加深情感,增强诗的艺术感染力。

全诗两章均采用赋法,每章前四句,女子直截了当地提出:你要是爱我想我,就提起衣裳趟过溱水、洧水到我这儿来吧!要是你不把我放在心上,难道就没有别人爱我吗?女子并非真的不在意这份爱情,而是用欲擒故纵的手法,要情人明确表态。两章最后一句“狂童之狂也且”,是女子负气地指责情人:你小子也未免太狂妄任性了吧。话语中既有怨艾之情,也有劝诫之意,想激起心上人自我反省,珍惜这份爱情,不要生二心。

《褰裳》与上首《狡童》一样,女主人公也遇到了恋爱过程中的感情危机,面对恋人态度的变化,两人的表现却不一样。《狡童》中的女子,性情温柔,多愁善感,因恋人对她的冷淡而茶饭不思、坐卧不安,痛苦异常;《褰裳》中的女子,却开朗豪爽,泼辣倔强,即使遭遇爱情的波折,也不曾丧失信心,具有一种追求自由平等爱情的独立自主的精神。但两位女子对于爱情的真诚执着、对心上人的一往情深却是同样的。

12. 江有汜(召南)

原文 | 译文

(一)

江有汜,[1]　　江有回流水,
之子归,[2]　　这人娶新欢,
不我以![3]　　不再需要我!
不我以,　　现在不要我,
其后也悔。[4]　　日后必悔过。

(二)

江有渚,[5]　　江中有小洲,
之子归,　　这人娶新欢,
不我与![6]　　不再与我聚!
不我与,　　现在不相聚,
其后也处。[7]　　日后求同处。

(三)

江有沱,[8]　　江有支流水,
之子归,　　这人娶新欢,
不我过![9]　　不再来看我!
不我过,　　现在不看我,
其啸也歌。[10]　　日后必悲歌。

注释

[1]江:长江。汜(sì):由主流分出而又复入主流的河水。闻一多说:"妇人盖以水喻其夫,以水道自喻,而以水之旁流支出,不循正轨,喻夫之情爱别有所归。"(《诗经通义》)高亨谓:"诗以汜出于江又入于江比喻她将来能归于其夫。"(《诗经今注》)

[2]之子:这个人。指诗中薄情的丈夫。归:归妻,娶妻。

[3]以:用。不我以:"不以我"的倒文。指不需要我了。

[4]其:副词。表推测。也:语助词。

[5]渚(zhǔ):江心的小洲。马瑞辰说:"盖江遇渚则分,过渚复合也。"(《毛诗传笺通释》)诗以江水遇渚则分流,过渚复合,比喻女子将来能与丈夫复合。

[6]与:同。不我与:"不与我"的倒文。指不同我在一起。

[7]处:同居,同处。

[8]沱(tuó):支流汇入江河叫作沱。高亨说:"诗以沱入于江比喻她将来能归于夫家。"(《诗经今注》)

[9]过:过访,到……来。不我过:"不过我"的倒文。指不到我这里来。

[10]啸(xiào):撮口出声。啸歌:长啸咏歌,号哭。

导读

《江有汜》是写一位弃妇哀怨自慰的诗。三章,章五句。

全诗三章,首句均是写景,可视作赋体。同时,从长江有岔道支流,引出"之子归"的事实,则在赋体之中又兼有比兴的意味。"江有汜"、"江有渚"、"江有沱",汜、沱都是指江的支流,渚是指江水遇渚则分流。这里弃妇以江有别流,比喻丈夫之情爱别有所属。又以汜出于江又入于江、江水过渚则复合、沱入于江,比喻她将来能回归夫家。

每章的二、三句是叙事,描写弃妇对丈夫移情别恋的憎恶和埋怨。"之子归,不我以"、"不我与"、"不我过",是说丈夫有了新欢以后,将我抛弃,不再要我了,不再和我亲近,也不来看望我。弃妇斥责丈夫的薄情寡义。

每章的后两句是抒情。诗中弃妇是一位自信心很强的女人,对丈夫依旧抱有幻想。"不我以,其后也悔"、"其后也处",表明她相信丈夫对今日的背叛行为会后悔莫及,她笃信丈夫终究会求着回到自己身边,夫妻关系会重归于好。"其啸也歌",是怨咒之辞。她预言丈夫日后必将悔恨痛苦,悲歌号哭。弃妇抒发了她对丈夫爱恨交加的复杂思想感情。

本诗用简洁精练、朴素自然的口语化语言，描绘了一位对丈夫爱恨交织、痴情恋旧、充满幻想、柔中见刚的弃妇形象。

本诗既是重章，又是叠句。三章反复咏叹，步步推进，将丈夫的薄情、弃妇的痛苦表现得一层深过一层。每章三、四句分别叠用“不我以”、“不我与”、“不我过”，更是增强了抒情效果。夏传才说：“全篇基本是三言诗，既重章，又叠句，每章第三、四句两个字句相叠，再继以四言句用‘跌笔’转意，诗意转折，声韵美妙。唐诗所用《阳关三叠》琴曲即祖继此法。”（《诗经讲座》）

13. 柏舟（邶风）

原文	译文
（一）	
泛彼柏舟，[1]	漂漂浮浮柏木舟，
亦泛其流。[2]	漂浮在那河中流。
耿耿不寐，[3]	心事重重难入睡，
如有隐忧。[4]	内心深处藏忧愁。
微我无酒，[5]	不是我家没有酒，
以敖以游。[6]	去逛去游以解忧。
（二）	
我心匪鉴，[7]	我的心儿非明镜，
不可以茹。[8]	不能美丑都纳影。
亦有兄弟，	虽然也有兄和弟，
不可以据。[9]	兄弟也不可依凭。
薄言往诉，[10]	曾找他们去诉苦，

逢彼之怒。	却遇他们怒冲冲。

（三）

我心匪石，	我心不是石头块，
不可转也。	不可随意来翻转。
我心匪席，	我心不是芦苇席，
不可卷也。	不可随意来收卷。
威仪棣棣，[11]	威仪雍容又娴雅，
不可选也。[12]	不可屈挠任侵犯。

（四）

忧心悄悄，[13]	忧虑重重心悄悄，
愠于群小。[14]	怨我恨我是群小。
觏闵既多，[15]	遭遇忧患已很多，
受侮不少。	蒙受侮辱也不少。
静言思之，[16]	静下心来思往事，
寤辟有摽。[17]	醒来捶胸好气恼。

（五）

日居月诸，[18]	天上太阳和月亮，
胡迭而微？[19]	为何交迭变昏暗？
心之忧矣，	心中忧思除不尽，
如匪浣衣。[20]	好似脏衣没洗换。
静言思之，	静下心来思往事，
不能奋飞。[21]	不能振翅飞上天。

注释

[1]泛：漂浮，漂流。柏舟：柏木制作的船。

[2]亦:助词。流:水之中流。以上两句是诗人以柏舟漂流不定兴比自己的身世飘零。

[3]耿耿:焦灼不安,心事重重的样子。寐:睡,睡着。

[4]如:连词。同"而"。隐:隐藏,不显露。一说:悲痛,痛苦。隐忧:深藏在心里的忧愁。一说:痛心的忧愁。

[5]微:非,不是。

[6]以:连词。敖:游玩,游逛。

[7]匪:通"非"。不是。鉴:镜子。

[8]茹(rú):含,容纳。

[9]据:依靠。

[10]薄、言:助词。

[11]威仪:仪容举止。棣(dì)棣:雍容娴雅的样子。

[12]选:通"巽(xùn)"。屈服退让。一说:数(shǔ),计算。一说:选择,挑剔。

[13]悄悄:忧伤的样子。

[14]愠(yùn):怒,怨恨。群小:众小人。

[15]觏(gòu):遇到,碰到。闵:忧患。

[16]静:安静,平静。静言:犹"静然"。安静的样子。

[17]寤:睡醒。辟(pì):通"擗"。拍胸,捶胸。有:助词。有摽(biào):犹"摽摽"。捶胸的样子。

[18]居、诸:语助词。带有感叹语气。

[19]胡:何,为什么。迭:更迭,轮流。微:昏暗不明。指日食、月食。

[20]浣:洗。

[21]奋飞:振翅高飞。

导读

《柏舟》是一首妇人自伤不得于其夫,而又苦于无可告诉的怨诗。五章,章六句。

首章写妇人忧愁深重,无法排遣。首二句以水中漂荡不定的柏木舟,比喻自己无所依归。三、四句点明夜不能寐的原因是自己心灵深处隐藏着痛苦和忧伤。末尾两句是说并不是无酒遨游以解忧,而是自己的深忧不是饮酒遨游所能解的。

第二章写妇人无处诉苦,处境可怜。首二句表明自己的心不是镜子,不能像镜面照影可以容纳任何东西那样甘心忍辱含垢。后四句写人情淡薄,娘家兄弟不但不同情自己,反而怒气相加,自己内心的痛苦无处倾诉。

第三章写妇人坚贞不渝,不屈其志。前四句以“石”、“席”为喻,表明自己意志坚强,不会依别人的意见行事。末尾两句是说自己威仪庄重,在恶势力面前,决不会屈挠退让。

第四章写妇人饱受欺凌,暗自伤悼。前四句是说自己被小人忌恨,一再遭受忧患、蒙受侮辱。末尾两句是说静下心来想想自己的种种遭遇,不禁黯然神伤。每当夜不成寐时,只能独自捶胸自悼。

第五章写妇人身处困境,不能自脱。前两句呼告日月,以日月总是轮替着昏暗不明,比喻丈夫的昏聩。三、四句写自己心中的忧伤之深,像脏衣服一样怎么也洗刷不掉。末尾两句是说妇人想到自己身处恶劣环境,又无法摆脱,只得发出“不能奋飞”的叹息。

《柏舟》一诗的艺术特色,俞平伯曾有精当的评价。他说:“这诗在三百篇中确是一首情文悱恻,风度缠绵,怨而不怒的好诗。五章一气呵成,娓娓而下,将胸中之愁思,身世之畸零,婉转申诉出来。通篇措词委婉幽抑,取喻起兴巧密工细,在素朴的《诗经》中是不易多得之作。”又说:“五章之诗始以舟之泛泛动漂泊之怀,终以鸟之翻飞兴无奈之嗟,其结构层次实至井然。”(《北大大课堂:中国古诗词精讲》)

源自本诗的成语

“耿耿于怀”,谓心中有事牵萦,不能忘怀。也写作“耿耿于心”。用例:对别人的批评耿耿于怀的人,将会阻碍自己的进步。/三年前我因为一件小事得罪过他,这几年来他一直耿耿于心,我也没有办法去求得他的原谅。

“如有隐忧”,谓内心有很深的忧愁。用例:席上人人兴高采烈,只有昆布兰国公主双眉紧蹙,如有隐忧。(梁羽生《冰河洗剑录》第四十九回)

“匪石匪席”,谓不是石头,也不是席子。意为石头可转而心不可转,席子可卷而心不可卷。比喻意志坚定不移。用例:他朝秦暮楚,早已忘记了当年匪石匪席的誓言。

“匪石之心”,谓我的心与石头不一样,不可转动。比喻心志坚定,不可动摇。用例:他现在已是匪石之心,不可动摇,我们也无能为力。

“忧心悄悄”,形容内心忧虑不安。用例:花前静坐着的女子,忧心悄悄,不知有什么伤心事。

“日居月诸”,谓太阳啊!月亮啊!本为呼告日月,后用来指光阴流逝。用例:我在孩提时即已离家,日居月诸,故里的模样,如今都淡忘了。

14. 谷风(邶风)

原文	译文
(一)	
习习谷风,[1]	山谷习习刮大风,
以阴以雨。[2]	天色阴沉雨凄凄。
黾勉同心,[3]	夫妻同心齐努力,
不宜有怒。[4]	不应对我生怒气。
采葑采菲,[5]	收采蔓菁和萝卜,
无以下体。[6]	怎能采叶不采根。
德音莫违:[7]	当初好话莫违背:
“及尔同死。”[8]	“与你同死永不分。”
(二)	
行道迟迟,[9]	离家脚步慢吞吞,
中心有违。[10]	心中委屈生怨恨。
不远伊迩,[11]	远送近送不情愿,
薄送我畿。[12]	勉强送我到房门。
谁谓荼苦?[13]	谁说荼菜味儿苦?
其甘如荠。[14]	对我来说甜如荠。
宴尔新昏,[15]	你们新婚真快乐,
如兄如弟。	亲亲热热如兄弟。
(三)	
泾以渭浊,[16]	泾水因渭而显浊,

湜湜其沚。[17]
宴尔新昏，
不我屑以。[18]
毋逝我梁，[19]
毋发我笱。[20]
我躬不阅，[21]
遑恤我后？[22]

静止下来仍清亮。
你们新婚真快乐，
无情将我弃一旁。
不要去上我鱼梁，
不要打开我鱼篓。
现今我尚不见容，
哪能顾及我走后？

（四）

就其深矣，[23]
方之舟之。[24]
就其浅矣，
泳之游之。[25]
何有何亡，[26]
黾勉求之。
凡民有丧，[27]
匍匐救之。[28]

好比遇到深水河，
撑筏乘舟来渡过。
好比碰上河水浅，
或潜或浮泅水过。
家里有啥还缺啥，
尽心尽力去寻求。
凡是乡邻有祸殃，
竭尽全力去援救。

（五）

不我能慉，[29]
反以我为雠。[30]
既阻我德，[31]
贾用不售。[32]
昔育恐育鞫，[33]
及尔颠覆。[34]
既生既育，[35]
比予于毒。[36]

你竟不肯怜爱我，
反而把我当冤仇。
拒绝我的好心意，
好比货物难脱手。
昔日惶恐又贫穷，
你我患难相与共。
如今生活有好转，
你却当我为毒虫。

（六）

我有旨蓄，[37]	常年我有好干菜，
亦以御冬。[38]	可以用来御寒冬。
宴尔新昏，	你们新婚真快乐，
以我御穷。	只是拿我挡困穷。
有洸有溃，[39]	对我粗暴又凶狠，
既诒我肄。[40]	苦活全让我担任。
不念昔者，	不念从前恩爱日，
伊余来塈！[41]	曾说只爱我一人！

注释

[1]习习：连续不断的大风声。谷风：来自山谷的风。

[2]以：连词。又。

[3]黾（mǐn）勉：勤勉，努力。

[4]有：助词。有怒：发怒，生气。

[5]葑（fēng）：蔓菁。大头菜一类的蔬菜。菲（fěi）：萝卜。葑、菲的叶和根都可食，但根是主要食用部分，不能只取其叶而弃其根。

[6]以：动词。用。下体：指葑、菲的根部。用以比喻人的品德。“采葑”二句，用采葑采菲取叶不取根，比喻丈夫娶妻，只取姿容不取品德。

[7]德音：善言，好听的话。这里指丈夫当初对她说的好话，即下文的“及尔同死”。

[8]及：介词。和，与。

[9]迟迟：走路缓慢的样子。

[10]中心：心中。有：助词。违：怨恨。

[11]伊：助词。迩：近。

[12]薄：助词。畿（jī）：门槛，门限。

[13]荼（tú）：苦菜。

[14]荠：荠菜。嫩叶可食，味甜。“谁谓荼苦？其甘如荠”的意思是说：谁说荼是苦的呢？要同我比起来，它简直和荠菜一样甜。

[15]宴:欢乐,快乐。尔:助词。宴尔:欢乐的样子。有的传本作"燕尔"。昏:同"婚"。

[16]泾、渭:泾河、渭河。发源于甘肃,在陕西高陵县合流。古人谓泾水浊,渭水清。女子以泾水浊喻自己,以渭水清喻新人。以:因。

[17]湜(shí)湜:水清见底的样子。沚(zhǐ):静止。这两句的意思是说:泾水遇到渭水后,与之相比,就显得更浊了(意谓旧人遇到新人,就显得更憔悴了);可是当泾水在一个地方静止下来时,还是很清澈的(意谓和新人比较,自己虽显得憔悴一些,但自己的品德是洁白无瑕的)。

[18]不我屑以:即"不屑以我"的倒文。不屑,即不肯,不愿。有鄙视的意味。以:与,和……一起。

[19]逝:往,去。梁:拦鱼的水坝。

[20]发:打开。笱(gǒu):捕鱼用的竹笼,口有倒刺,鱼能进不能出。

[21]躬:身体,自身。阅:容,容纳。

[22]遑:何暇,怎能。常用于反问句。恤(xù):担忧,顾念。

[23]就:逢着,碰上。

[24]方:用竹、木编成的筏子。此处用作动词。以筏渡水。舟:用作动词。以舟渡水。

[25]泳:潜在水中游。游:浮在水面游。

[26]亡:通"无"。此处指贫乏,缺乏。

[27]民:人。指邻居。丧(sāng):凶祸,灾难。

[28]匍匐:手足伏地而行。此处指全力以赴。

[29]不我能慉:三家《诗》作"能不我慉"。能:乃。慉(xù):爱好,喜欢。

[30]雠(chóu):仇敌。

[31]阻:拒绝。我德:我的好意。

[32]贾(gǔ):卖。用:商品,货物。不售:卖不出去。

[33]育:生活。育恐:生活在恐惧之中。鞫:穷困。育鞫:生活在穷困之际。

[34]颠覆:困顿,患难。

[35]既:副词。已经。生、育:生活。"既生既育",指生活已经好起来。一说:生、育,指生了孩子。

[36]于:介词。表示比较。毒:毒物,害人之物。

[37]旨:味美。蓄:积蓄的蔬菜。指夏秋之时弄好的干菜、咸菜等,以备冬天

食用。

[38]御:抵挡,防备。

[39]有:助词。有洸(guāng):犹“洸洸”。粗暴的样子。有溃(kuì):犹“溃溃”。盛怒的样子。此句是以水激怒溃决貌,喻夫之暴怒。

[40]既:尽,都。诒:遗留,留给。肄(yì):劳苦的工作。

[41]伊:惟。来:助词。塈(jì):通“炁”。爱。“伊余来塈”,犹“惟我是爱”。

导读

《谷风》是一首弃妇诉苦的诗。六章,章八句。

本诗以自述的口吻,写一个贫妇被喜新厌旧的丈夫所遗弃,她抚今追昔,诉说丈夫忘恩负义,肆意虐待自己的情形。

第一章写妇人斥责丈夫的变心。诗以大风和阴雨兴比丈夫性情暴躁,反复无常。妇人努力同心同德,丈夫不该时常对她发怒。丈夫娶妻不取其德,只重姿色,好比采葑采菲,不用其根。丈夫曾立下“及尔同死”的誓言,希望他不要违背这好听的话。

第二章写妇人被弃离家的痛苦。妇人被弃,迟迟不忍离去。绝情的丈夫,不肯远送,勉强送到家门口。谁说荼菜味苦?同妇人的遭遇相比,它简直和荠菜一样甘甜。此时丈夫正和新人快乐地过新婚生活,相亲相爱,有如兄弟。

第三章写妇人被弃的原因和对过去生活的眷恋。诗以河水设喻,泾水浊,以喻自己;渭水清,以喻新人。泾水遇到渭水而显浑浊,自己和新人相比而显色衰,但自己的品德是清白纯洁的。丈夫重色,新婚后不愿意再和自己亲近。妇人不能忘情于过去的生活,警告新人:“不要到我的鱼梁去!不要动我的鱼篓!”但有什么用呢,自己现在尚不为丈夫所容,哪能顾及离开以后的事情呢?

第四章追述妇人婚后勤勉持家和友爱四邻的往事。此章以渡河为喻,描述当年家境贫寒时,因时制宜,治家有方。就好比渡河,水深则撑筏乘舟渡过,水浅则泅水游过。不管家里有啥缺啥,都尽力去经营操办。凡邻里有难,也能尽力救助。

第五、六章写妇人抚今追昔,斥责丈夫的负义忘情。丈夫新婚后,不但不再怜爱妇人,反而视她为仇人。妇人的好意遭到拒绝,她的好意对于丈夫竟像商人难以脱手的货物一样。过去生活在恐惧与贫困之中,夫妻俩共患难,一同渡过了困境。现在家道已经好转,却把妇人当作毒物而抛弃。

常年妇人腌制好干菜,可以备着过冬食用。而今丈夫与新人尽享新婚的欢乐,只是把妇人当作抵挡贫困的工具,并时不时对她动粗发怒,尽让她干苦活。丈夫竟完全不顾念当年相恋时，曾对妇人说过“只爱你一人”的话。

《谷风》是《诗经》中抒写弃妇哀怨方面的名篇之一，它有丰富的故事情节，有性格鲜明的人物形象，在写作技巧和表现手法上也有其特色。

首先，诗中运用了赋、比、兴交替使用的表现手法，其中比喻的运用更为突出。如：第一章以大风和阴雨，比喻丈夫性情暴躁，反复无常；以采葑采菲不取其根，比喻丈夫娶妻只重外貌而不重内在品德。第二章以食荼如荠，比喻妇人被弃的痛苦有甚于荼。第三章以“泾以渭浊，湜湜其沚”，比喻妇人虽比新人显得憔悴，但品德是洁白的。第四章以渡河比喻治理家事。第五章以“贾用不售”，比喻丈夫的嫌弃；以“比予于毒”，比喻丈夫对妇人的憎恶；第六章以“有洸有溃”，比喻负心丈夫的粗暴无理。这些比喻，取譬浅近，形象生动，大大增强了作品的艺术感染力。

其次，通篇都采用了对比手法。一是丈夫新婚之欢乐和妇人被弃之凄苦的对比：诗中三次提及“宴尔新昏”，以“如兄如弟”形容丈夫与新人的欢乐；而以“不我屑以”、“以我御穷”形容妇人的憔悴和凄凉。一是人物今昔言行的对比：如昔日誓言“及尔同死”，而今竟“不我能慉，反以我为雠”；昔日曾说“伊余来塈”，而今却“贾用不售”、“比予于毒”等。通过对比，生动地刻画了负心丈夫朝秦暮楚、薄情寡义、反恩为仇的恶劣形象，凸现了弃妇的痛苦与凄凉。

源自本诗的成语

“采葑采菲”，比喻对人对事不因其所短而舍弃所长。用例：新事物总是善恶并存的，我们要采葑采菲，取其所长。

“不遗葑菲”，比喻有一善可取的人才也要广为收罗，不使遗漏。用例：朝廷要想完全笼络全国的有用之才，做到不遗葑菲，野无遗贤，还真不容易。

“甘之如荠”，比喻干乐意的事，虽然吃了苦头，内心却很甜美。用例：他是那么爱她，只要能为她做一点儿事，哪怕受再大的苦也甘之如荠。

“燕尔新婚”，指男女刚刚结婚，十分快乐。也写作“新婚宴尔”。用例：状元下马就亲，洞房花烛，燕尔新婚。/看到小两口新婚宴尔的快乐样子，父母感到十分欣慰。

“如兄如弟”，形容彼此亲密无间。用例：孔子尝过郑，与子产如兄如弟。（《史记·郑世家》）

“泾浊渭清”，比喻人品的优劣和事物的好坏显而易见。也写作“泾清渭浊”。用例：事实摆在面前，这两个人泾浊渭清，跟谁做朋友你应该很容易选择。/别看他们是同胞兄弟，可品行、爱好截然不同，真可谓是泾清渭浊。

“泾渭分明”,比喻界限清楚,是非分明。也写作“泾渭自分”。用例:这位执法官为人正直,泾渭分明,受到人们的称赞。/他一向泾渭自分、公私分明地处理问题。

“泾渭不分”,比喻是非不明,好坏不分。也写作“泾渭不辨”。用例:你怎么能泾渭不分,和这种坏人交往呢?/领导者是一个大集体的家长,如果泾渭不辨,不能区分善恶,那将会给集体带来重大的损害。

“匍匐之救”,形容竭尽全力的救助。用例:所有人员都紧急赶赴灾害现场,施以匍匐之救。

15. 氓(卫风)

原文	译文
(一)	
氓之蚩蚩,[1]	农家小伙笑嘻嘻,
抱布贸丝。[2]	抱着布匹来换丝。
匪来贸丝,[3]	不是真的来换丝,
来即我谋。[4]	找我计议婚姻事。
送子涉淇,[5]	送你渡过淇水河,
至于顿丘。[6]	直到顿丘才别离。
匪我愆期,[7]	不是我愿延婚期,
子无良媒。	你无良媒把亲提。
将子无怒,[8]	请你不要生怒气,
秋以为期。[9]	入秋一定行婚礼。
(二)	
乘彼垝垣,[10]	登上那堵破土墙,
以望复关。[11]	遥向远方望复关。

不见复关，	复关迟迟看不见，
泣涕涟涟。[12]	心灰意冷泪涟涟。
既见复关，	终于见到了复关，
载笑载言。[13]	有说有笑两相欢。
尔卜尔筮，[14]	你去占卜又问卦，
体无咎言。[15]	卦象吉祥无凶言。
以尔车来，	赶着你的礼车来，
以我贿迁。[16]	搬走我的好嫁妆。

（三）

桑之未落，	桑树未到凋落时，
其叶沃若。[17]	叶儿润泽又柔嫩。
于嗟鸠兮，[18]	哎呀那些斑鸠儿，
无食桑葚。[19]	不要贪吃那桑葚。
于嗟女兮，	哎呀年轻姑娘们，
无与士耽。[20]	别对男子情太深。
士之耽兮，	男子若是迷恋你，
犹可说也。[21]	要甩便甩易脱身。
女之耽兮，	女子迷恋上男子，
不可说也。	没有办法来脱身。

（四）

桑之落矣，	桑树已到凋落时，
其黄而陨。[22]	叶儿枯黄飘地上。
自我徂尔，[23]	自从我来嫁给你，
三岁食贫。[24]	多年清贫苦备尝。
淇水汤汤，[25]	淇水汤汤起波澜，
渐车帷裳。[26]	浸湿我的车帷帐。

女也不爽，[27]	女子自身无过错，
士贰其行。[28]	男子行为常变样。
士也罔极，[29]	所作所为没准则，
二三其德。[30]	朝三暮四太无良。

（五）

三岁为妇，	嫁为你妇已多年，
靡室劳矣。[31]	繁重家务从不嫌。
夙兴夜寐，[32]	起早睡晚劳作苦，
靡有朝矣。[33]	天天如此无怨言。
言既遂矣，[34]	哪知家业已有成，
至于暴矣。[35]	你竟暴虐心肠变。
兄弟不知，	娘家兄弟不知情，
咥其笑矣。[36]	嘻嘻嘲笑不相怜。
静言思之，[37]	静下心来思往事，
躬自悼矣。[38]	独自悲伤好惨然。

（六）

及尔偕老，	发誓“与你同到老”，
老使我怨。	到老使我生哀怨。
淇则有岸，	汤汤淇水还有岸，
隰则有泮。[39]	茫茫湿地亦有边。
总角之宴，[40]	儿时岁月多欢乐，
言笑晏晏。[41]	谈笑和悦又温婉。
信誓旦旦，[42]	当年誓言多诚恳，
不思其反。[43]	不料心思会改变。
反是不思，[44]	违背誓言没想到，
亦已焉哉！[45]	也就罢了快了断！

注释

[1]氓(méng):民,农民。此处指诗中弃妇的丈夫。蚩(chī)蚩:通“嗤嗤”。嘻笑的样子。一说:无知的样子。一说:老实敦厚的样子。

[2]布:布匹。一说:古代的一种货币。贸:交易。

[3]匪:通“非”。不是。

[4]即:就,接近。谋:商量,计议。此处指计议结婚之事。

[5]子:古代对男子的尊称。涉:渡水。淇:卫国水名,即今淇河。

[6]顿丘:卫国地名,在今河南浚县西。

[7]愆(qiān):拖延,错过。期:日期。此处指婚期。

[8]将(qiāng):愿,请。无:通“毋”。不要,别。

[9]秋以为期:以秋天为婚期。

[10]乘(chéng):登上。垝(guǐ):毁坏,残缺。垣(yuán):土墙。

[11]复关:地名。诗中男子所居之地。此处借代为“氓”。

[12]泣涕:眼泪。涟涟:泪流不断的样子。

[13]载:助词。载笑载言:又说又笑,边说边笑。

[14]卜(bǔ):占卜。根据龟甲被火烧后的裂纹来预测吉凶。筮(shì):用蓍(shī)草的茎排比推算来占卦。

[15]体:卦体,卦象。指用龟甲或蓍草占卜时所显示的兆象。咎言:凶辞,不吉利的话。

[16]贿:财物。此处指陪嫁的财物,即嫁奁。迁:搬走,拉走。

[17]沃:柔嫩有光泽。沃若:犹“沃然”。柔嫩润泽的样子。以上两句比喻女子年轻貌美。

[18]于嗟(xū jiē):同“吁嗟”。叹词。表感叹。鸠:斑鸠,即布谷鸟。

[19]无:不要,别。下同。桑葚:桑树的果实。古代传说斑鸠吃桑葚过多会醉,此处比喻女子若沉溺于男女之情将会神魂颠倒。

[20]士:男子的通称。耽(dān):沉溺,入迷。

[21]说:通“脱”。摆脱,解脱。

[22]陨(yǔn):落下。以上两句比喻女子容颜衰老。

[23]徂(cú):去,往。此处指出嫁。

[24]三岁:泛指多年。食贫:过贫苦生活。

[25]汤(shāng)汤:水势盛大的样子。

[26]渐(jiān):沾湿,浸湿。帷裳:车厢两旁的帷帐。

[27]爽:差错。

[28]贰其行:前后行为不一致。

[29]罔:无,没有。极:准则。罔极:没有准则,行为多变。

[30]二三其德:三心二意,朝三暮四。

[31]靡:不。室劳:家务劳动。靡室劳:不以家务劳动为劳。指不在意家务劳动的辛苦。

[32]夙兴夜寐:起早睡晚。

[33]朝(zhāo):日,天。靡有朝矣:没有一天不是这样,即天天如此。

[34]言:助词。既:已经。遂:成。一说:安定。

[35]暴:暴虐,凶暴。

[36]咥(xì):大笑。咥其:犹“咥然”。大笑的样子。

[37]静:安静,平静。静言:犹“静然”。安静的样子。

[38]躬:自己,自身。悼:伤心,悲伤。

[39]隰(xí):低湿的地方。泮(pàn):通“畔”。边。

[40]总角:古时儿童将头发扎成两个抓髻,左右对称像两只角。此处借代为童年。宴:快乐。

[41]晏晏:温柔和悦的样子。

[42]信誓:表示诚信的誓言。旦旦:诚恳的样子。

[43]不思:想不到,不料。反:违反,变心。

[44]是:这。代指誓言。

[45]亦:也。已:止,罢了。焉哉:语助词连用,加强感叹语气。

导读

《氓》是一首弃妇的怨诗。六章,章十句。

诗中的女主人公生动地叙述了她从恋爱、结婚到受虐、被弃的经过,表现了她的刚烈性格和反抗精神。

第一章写相识相恋,私定终身。一位嬉笑着的男子,怀抱布匹到集市来交换女子的丝。其实他不是真的来换丝,而是找她商议婚事。男子离开时,女子送他渡过淇水,直到顿丘。分手时,她向男子解释说,不是她愿意拖延婚期,是男子没有好媒人。

她请男子不要生气，并约定秋天和他成亲。

第二章写苦苦相思，如期完婚。婚期约定后，女子焦急地等待着，时不时登上破土墙，遥望复关。没见到男子时，便泪流不止，见到他来时，就有说有笑。男子占了一卦，卦象没有不吉利的话。于是她要男子驾着车来，将自己的嫁妆运了过去，两人如期完婚。

第三章写轻陷情网，不能自拔。前四句以桑叶未落时的柔嫩润泽，兴比女子年轻貌美；以斑鸠吃桑葚过多就会昏醉，兴比女子若沉溺于男女之情将会神魂颠倒，不思后患。接着下面六句，女子以自己轻陷情网而不能自拔的沉痛教训，告诫那些年轻的女子，不要太过痴情。因为男子若沉溺于爱情，尚可以解脱，而女子就无法解脱了。

第四章写色衰被弃，心生怨恨。前两句以桑叶陨落时的枯黄，兴比女子容颜憔悴。下面的四句，述说女子嫁到男家以后，就一直过着贫苦的生活。现在女子被男子休弃，不得已坐着车子，渡过淇水，返回娘家。末尾四句，是女子的反思：她认为这几年自己并没有什么过错，只是男子行为前后不一致，三心二意，终至将自己抛弃。她对男子的负心产生了怨恨。

第五章写回忆往事，自悲不幸。女子继续回忆婚后的悲惨生活：婚后多年，她操持家务，起早贪黑，天天如此，备尝艰辛。哪知家境好转以后，男子却变得暴戾凶残。女子被弃回到娘家后，娘家兄弟不知底细，不但不理解、不同情，反而在一旁嘲笑她。女子静静地回想不幸的往事，独自悲伤不已。

第六章写痛定思痛，毅然决绝。当初男子发誓要与女子白头到老，哪知到老却使女子徒增怨恨。“淇则有岸，隰则有泮”，是比喻凡事总有个边际，言外之意是指女子的愁苦没有尽期。女子对儿时的欢乐、男子的誓言还记忆犹新，不料男子竟然违背誓言，负情变心，她痛定思痛，毅然将两人的关系一刀两断。

《氓》是《诗经》中著名的长篇叙事诗，全诗以叙事为主线，杂以议论和抒情。在艺术表现手法上，以赋为主，兼用比兴。第一、二章是赋体，叙述男子向女子求婚以至结婚的过程。第三、四章以抒情为主，抒写了女子对自陷情网的痛悔，以及被弃后对男子的怨恨之情。诗中比兴手法的运用，加强了抒情效果。第五章是赋体，叙述女子被弃前后的处境。第六章是赋体兼比兴，叙事中夹杂议论与抒情，表现了女子悔恨交加的心情和与男子决绝的态度。

对比手法的运用，是本诗的又一艺术特色。其中有女子婚前婚后思想情感的对比，男子婚前婚后行为态度的对比，男子与女子之间思想性格的对比。诗人用对比手法，突出了女子的痴情大胆、淳朴热情、勤劳善良与男子的虚伪狡狯、喜新厌旧、自私粗暴,成功地塑造了两个性格鲜明的人物形象。

源自本诗的成语

“抱布贸丝”,指以物易物,进行商品交易。用例:从抱布贸丝到市场经济,商业是社会生产达到一定阶段的必然产物。

“载笑载言”,谓边笑边说话。形容欢乐的样子。用例:形势虽然已危在旦夕,但是彦章将军依然载笑载言,其定力可见一斑。

“二三其德”,指三心二意,没有定准。也写作“二三其意”。用例:皇帝昏庸无能,大臣二三其德,王朝的灭亡,已是指日可待了。/作为领导,你如此二三其意,又怎能统一那么多员工的思想呢?

“夙兴夜寐”,谓早起晚睡。形容勤奋辛劳。用例:他为了早日完成论文,夙兴夜寐,辛辛苦苦地忙了一个月。

“言笑晏晏”,谓言谈笑貌和悦温柔。形容神态和蔼可亲。用例:往常总听人说司令员严肃刻板,但是见过了,才发现他总是言笑晏晏的样子,与传言大相径庭。

“信誓旦旦”,谓誓言极为诚恳可信。用例:别看他现在信誓旦旦的,很快就会露出原形。

16. 柏舟(鄘风)

原文　　译文

(一)

原文	译文
泛彼柏舟,[1]	漂浮柏木船,
在彼中河。[2]	在那河中央。
髧彼两髦,[3]	两髦少年郎,
实维我仪。[4]	这是我对象。
之死矢靡它。[5]	誓死无二心。
母也天只![6]	我的爹娘啊!

不谅人只！[7]	太不体谅人！

（二）

泛彼柏舟，	漂浮柏木船，
在彼河侧。	在那河一旁。
髧彼两髦，	两髦少年郎，
实维我特。[8]	这是我对象。
之死矢靡慝。[9]	誓死不变心。
母也天只！	我的爹娘啊！
不谅人只！	太不体谅人！

注释

[1]泛：漂浮，漂流。柏舟：柏木制作的船。

[2]中河：即河中。

[3]髧(dàn)：头发下垂的样子。两髦(máo)：古代未成年男子的发式。把垂在前额齐眉的头发中分，额后的头发扎成两绺，左右各一，叫作两髦。

[4]实：是。指示代词。维：助词。加强判断语气，起系词的作用。仪：配偶。

[5]之：到。矢：誓。靡：没有。它：别的，其他的。此处指"二心"。

[6]天：指父亲。古人在困苦无告时，往往呼告父母求助，以安慰自己。也、只：语助词。

[7]谅：谅解，体谅。

[8]特：匹配，配偶。

[9]慝(tè)：通"忒"。更改，改变。

导读

《柏舟》是写一位少女要求婚姻自主，宁死不易其志的诗。二章，章七句。

首章开头两句，"泛彼柏舟，在彼中河"，以柏舟在河中漂浮不定，兴比女子爱情生活中的波澜起伏。女子由河中的柏舟，联想到自己心爱的恋人，于是大胆地做出爱的表白："髧彼两髦，实维我仪。"并且发誓"之死矢靡它"。但她的自行择偶却遭到父母的干涉和阻挠，婚姻不能自主，于是在极度的痛苦与悲愤中，发出了“母也天只！不谅人只”的呐喊。

本诗的章法形式，属于典型的两章叠咏，全诗的意思在首章即已说完，第二章只是变易韵脚上的几个字，意思和首章相同。

要正确理解《诗经》中的婚姻爱情诗，除了掌握社会历史背景之外，还应当了解《诗经》时代的婚姻制度和礼俗。在那个时代，实际上存在着两种并行的婚制，一种是聘娶以礼和“父母之命”、“媒妁之言”并重的贵族婚姻制度，而在民间还流行着另一种婚姻制度。民间婚制主要有两类情况：一方面，当时的贵族统治阶级的婚姻观念，逐步影响并渗透到下层平民当中，封建礼制规定的“父母之命”、“媒妁之言”，逐渐干预到民间的爱情生活，如果青年男女自由地谈情说爱，便会遭到家庭的谴责和世人的鄙视；另一方面，一些部族和地区在不同程度上还保留着氏族时期的一些婚姻习俗。《周礼·媒氏》说，在仲春时候，青年男女的自由恋爱和私奔，国家并不禁止。《诗经》里也有许多反映民间男女自由恋爱的诗篇。

《柏舟》一诗，对人物和语言的描写，形象生动，很好地塑造了一位性格鲜明、对爱情坚贞不渝、具有对封建婚姻制度的反抗意识和对封建礼教的叛逆精神的妇女形象，在中国文学史上有较大的影响。

源自本诗的成语

“之死靡它”，谓到死没有二心。形容意志坚定，至死不变。也写作“之死不渝”。用例：文天祥一心报国，之死靡它，在历史上写下了悲壮的一页。/他对她的爱非常深，之死不渝。

17. 将仲子(郑风)

原文　　　　译文

(一)

将仲子兮，[1]　　　　仲子仲子听我讲，

无逾我里，[2]	不要翻越我里墙，
无折我树杞。[3]	别把杞树枝折伤。
岂敢爱之？[4]	怎敢吝惜这些树？
畏我父母。	是怕我的爹和娘。
仲可怀也，[5]	仲子令我心牵挂，
父母之言，[6]	爹娘的训斥指责，
亦可畏也。	也实在叫人害怕。

（二）

将仲子兮，	仲子仲子听我讲，
无逾我墙，[7]	不要翻越我院墙，
无折我树桑。[8]	别把桑树枝折伤。
岂敢爱之？	怎敢吝惜这些树？
畏我诸兄。	是怕我的众兄长。
仲可怀也，	仲子令我心牵挂，
诸兄之言，	兄长的冷语恶言，
亦可畏也。	也实在叫人害怕。

（三）

将仲子兮，	仲子仲子听我讲，
无逾我园，[9]	不要翻越我园墙，
无折我树檀。	别把檀树枝折伤。
岂敢爱之？	怎敢吝惜这些树？
畏人之多言。	是怕人道短说长。
仲可怀也，	仲子令我心牵挂，
人之多言，	旁人的说长道短，
亦可畏也。	也实在叫人害怕。

注释

[1]将(qiāng):愿,请。仲子:男子的字。一说:古代兄弟姐妹排行以伯、仲、叔、季称之。故“仲”即指老二。子:男子的美称。

[2]无:通“毋”。不要,别。逾:越过,翻越。里:古制五家为邻,五邻为里。里外有墙围之。此处“里”实指里墙。

[3]折:弄断,折断。杞(qǐ):杞柳。一种落叶乔木。树杞:即杞树,倒文叶韵。下文“树桑”、“树檀”同此。

[4]岂敢:怎么敢,哪里敢。爱:吝惜,舍不得。之:代词。指代杞树。

[5]可:真,确实。怀:思念。

[6]言:话,言论。

[7]墙:院墙。

[8]桑:桑树。叶可养蚕。

[9]园:种果木菜蔬的场所,园外有墙或篱笆围绕。此处“园”实指园墙。

导读

《将仲子》是一首女子婉拒情人幽会的诗。三章,章八句。

此诗三章皆为赋体。诗的首章前三句的呼告之语,是女子婉言规劝她的恋人仲子不要翻越里墙、不要攀折墙边的杞树到她家来幽会。说出这些话之后,她又深怕引起仲子的误会,以为她不爱他了,于是马上道出了内心的苦衷:我不是吝惜杞树,担心它会遭损,只是怕我父母知道。她接着又倾诉了自己内心的矛盾与痛苦:我心里确实牵挂着你,但父母的斥骂,也实在是让我害怕。二、三章进一步说明女子之所以婉拒仲子前来幽会,是害怕让自己的兄长和旁人知道,会遭来他们的闲言和毁谗。

此诗三章叠咏,二、三章与首章的结构和词句基本相同,但并非首章的简单重复,而是在情理的抒写上层层推进:诗中女子想象仲子“逾里”、“逾墙”而“逾园”,由外到里,仲子离自己愈来愈近;而女子“畏我父母”、“畏我诸兄”而“畏人之多言”,由亲及疏,担心非议的人愈来愈多。这种递进的手法,将热恋中的仲子想来幽会的急切心情及女子畏惧心理的逐渐加剧描写得细致入微、形象生动。

在诗中女子所处的时代,男女的婚事,必须通过父母之命、媒妁之言。如果青年男女自由地谈情说爱,会受到来自父母、兄长及社会舆论的压力与约束。《将仲子》所表现的正是这一社会现实。这首诗一连三章，三言“仲可怀也”，表明这位女子深深地爱着仲子，时时思念着他，盼望与他见面，但她又害怕仲子会不顾一切，翻墙折树前来幽会，将引起父母、兄长及旁人的责难和非议，只得忍痛对仲子婉言辞绝。其实她不是不想仲子来，只是要求他莫暴露行迹，所说的话好像是拒绝他，而内心却又盼望他来相会，反映了女子内心的矛盾和痛苦。这首诗使我们认识到封建礼教对青年男女自由恋爱的压制和摧残，具有深刻的社会意义。

源自本诗的成语

“人言可畏”，指人们的流言蜚语是可怕的。用例：“人言可畏”是电影明星阮玲玉自杀之后，发见于她的遗书中的话。（鲁迅《且介亭杂文二集·论人言可畏》）

18. 桃夭（周南）

原文	译文
（一）	
桃之夭夭，[1]	夭夭桃树真繁茂，
灼灼其华。[2]	枝头开满鲜艳花。
之子于归，[3]	这位女子要出嫁，
宜其室家。[4]	和洽相处夫婿家。
（二）	
桃之夭夭，	夭夭桃树真繁茂，
有蕡其实。[5]	果实累累肥又大。
之子于归，	这位女子要出嫁，
宜其家室。[6]	和洽相处夫婿家。

（三）

桃之夭夭，	夭夭桃树真繁茂，
其叶蓁蓁。[7]	枝儿茁壮叶蓁蓁。
之子于归，	这位女子要出嫁，
宜其家人。[8]	和洽相处夫家人。

注释

[1]夭夭:草木娇嫩美盛的样子。

[2]灼(zhuó)灼:鲜艳茂盛的样子。华(huā):花。

[3]之:是,此。之子:这位女子。于:助词。于归:女子出嫁。

[4]宜:相宜,相处得很和洽。室家:家庭,家眷。

[5]有:助词。有蕡(fén):犹“蕡蕡”。果实肥大的样子。

[6]家室:即“室家”,倒文以叶韵。

[7]蓁(zhēn)蓁:草木茂盛的样子。

[8]家人:家中的人,一家人。

导读

《桃夭》是一首祝贺新娘婚姻幸福的诗。三章,章四句。

全诗三章均以兴句发端,兴中有比。首章前两句以鲜艳盛开的桃花,兴比新娘的年轻娇美。第二章前两句以桃树结果,又肥又大,象征新娘多子多福。第三章前两句以桃叶茂盛预祝新娘家族兴旺发达。诗中的“之子于归,宜其室家”、“宜其家室”、“宜其家人”,是诗人歌咏桃花之后,祝愿新娘婚后能与家人和睦相处,家庭生活幸福。

全诗三章重章叠咏,每章都先以桃树起兴,分别继以“其花”、“其实”、“其叶”兼作比喻;三章结尾之“室家”、“家室”、“家人”义同,因避复而变文。三章反复咏唱,使诗中充溢着和美快乐的气氛。年轻貌美的姑娘出嫁了,她将把欢乐和幸福带给夫家。

《桃夭》是中国文学史上第一首把桃花比作美女的诗。姚际恒说:“桃花色最艳,故以取喻女子,开千古词赋咏美人之祖。”(《诗经通论》)方玉润说:“(一章)艳绝。开千古词赋香奁之祖。”(《诗经原始》)后世用桃花来比美人的诗词,即滥觞于此诗。如:阮籍《咏怀诗·十二》:“夭夭桃李花,灼灼有辉光。”崔护《题都城南庄》:“去年今日此门中，人面桃花相映红。人面不知何处去，桃花依旧笑春风。”冯待征《虞姬怨》：“年华灼灼艳桃李，结发簪花配君子。”

源自本诗的成语

“桃夭之化”，指代男女完婚之礼。用例：希望你们双方的父母早日同意你们的婚事，以成桃夭之化。

“桃夭新妇”，谓年轻而艳丽的新婚女子。用例：像她这样的一位桃夭新妇，自然会吸引众人的目光了。

“桃之夭夭”，原指桃树枝叶繁茂，桃花盛开，后用以比喻事物的繁荣兴盛。因“桃”与“逃”谐音，“夭夭”与“遥遥”音近，后人改“桃”为“逃”，用作逃跑的诙谐说法，形容逃得无影无踪。用例：老张乘着机会逃之夭夭了。（老舍《老张的哲学》）

“夭桃秾李”，此成语源自《桃夭》与《召南·何彼襛矣》，谓鲜艳茂盛的桃李。也写作“夭桃秾李”。用例：仲春时节，阳光明媚，到处是夭桃秾李，正是人们出行游玩的好时光。

也用来比喻新人年少俊美。用例：夭桃襛李，宜早合良缘，毋使婚嫁愆期，致令幼女怀春，吉士有摽梅之赋也。（清·彭养鸥《黑籍冤魂》第八回）

“之子于归”，见《周南·汉广》讲析。

“宜室宜家”，谓女子嫁到夫家后，与丈夫和丈夫的家人和睦相处。后用来形容夫妻和睦，家庭和顺。用例：他幼年父母双亡，从未感受过家庭的温暖，所以拥有宜室宜家的家庭生活是他的梦想。

19. 行露（召南）

原文	译文
（一）	
厌浥行露，[1]	路上露水湿淋淋，
岂不夙夜？[2]	难道不想赶早路？

谓行多露。[3]　　担心露水沾湿身。

(二)

谁谓雀无角?[4]　　谁说麻雀没有嘴?
何以穿我屋?　　凭啥穿破我房屋?
谁谓女无家?[5]　　谁说你还没成家?
何以速我狱?[6]　　凭啥公堂把我诉?
虽速我狱,　　即使公堂把我诉,
室家不足。[7]　　想要成婚理不足。

(三)

谁谓鼠无牙?　　谁说老鼠没有牙?
何以穿我墉?[8]　　凭啥洞穿我屋墙?
谁谓女无家?　　谁说你还没成家?
何以速我讼?[9]　　凭啥告我上公堂?
虽速我讼,　　即使告我上公堂,
亦不女从。[10]　　要我从你是妄想。

注释

[1]厌浥(yì yì):潮湿的样子。行(háng):道路。

[2]夙夜:早夜。指天未明的时候。

[3]谓:通"畏"。害怕,担心。一说:无奈。一说:同"惟"。助词。

[4]雀:麻雀。角:鸟嘴。

[5]女(rǔ):通"汝"。你。下同。无家:没有家室,没有成家。

[6]速:招致。狱:诉讼,打官司。

[7]室家:指结成夫妇,结婚。足:充足。"室家不足"是说对方要求缔结婚姻的理由不足。

[8]墉(yōng):墙。"穿屋"、"穿墉"比喻害人的行为。

[9]讼(sòng):义同"狱"。

[10]从:听从,依从。不女从:"不从女"的倒文。不依从你。

导读

《行露》是写一位女子不畏强暴,坚决拒绝一位已有家室的男子强行与她成婚的诗。三章,首章三句,二、三章章六句。

全诗三章,每章均以含有譬喻的兴句发端。首章以"厌浥行露"兴比这位女子将面临险恶的前景。次二句是说自己并非不想早点赶路,而是担心道上露水太浓会沾湿身。诗以此兴比女子不是不想早点成亲,而是怕择偶不慎,会受到强暴和欺凌。

二、三章叠咏,分别以"雀穿我屋"、"鼠穿我墉"兴起下文的"速我狱"、"速我讼"。余冠英说:"第二章的一、二两句和三、四两句的关系虽不是很贴切的比喻却是很自然的联想,因为有角和有家同是有,穿我屋和速我狱同是侵害。第三章一、二两句和三、四两句的关系同此。"(《诗经选》)两章的前四句都是正话反说,表示:雀虽有嘴、鼠虽有牙,而无穿我屋、穿我墙之理;你已有妻室,则无使我遭诉讼之理。后两句是女子正面表态,严词拒绝男子的逼婚:即使你陷我于诉讼,但你要和我成婚的理由不足,我绝不会屈从于你。

这是一首带有叙事成分的抒情诗,诗人采用了反问、质问、排比、感叹等句式与复沓叠咏的章法相配合,气势上层层递进,进一步加强了作品的感染力与说服力,彰显了女子不畏强暴、捍卫人格与爱情尊严的斗争精神。

源自本诗的成语

"雀角鼠牙",原指强迫女子成婚所引起的官司,后泛指狱讼、争吵。也写作"鼠牙雀角"、"雀鼠之争"。用例:泯雀角鼠牙之衅,绝狼吞虎噬之端。(清·魏秀仁《花月痕》第五十回)/就因为他无恶不作,欺侮善良,才有了这鼠牙雀角之争。/这场为时已久的雀鼠之争,因其复杂性引起了媒体的广泛关注。

"雀角之忿",比喻打官司引起的怨恨。用例:即或邻里愚民,山村豪气,偶因鹅鸭之争,致起雀角之忿,此不过借官宰之一言,以为平定而已。(清·蒲松龄《聊斋志异·冤狱》)

20. 摽有梅(召南)

原文　　译文

(一)

摽有梅,[1]　梅子纷纷落下地,
其实七兮。[2]　树上果实留七分。
求我庶士,[3]　追求我的小伙子,
迨其吉兮。[4]　趁着吉日来求婚。

(二)

摽有梅,　梅子纷纷落下地,
其实三兮。　树上果实剩三分。
求我庶士,　追求我的小伙子,
迨其今兮。[5]　趁着今日定终身。

(三)

摽有梅,　梅子纷纷落下地,
顷筐塈之。[6]　用那浅筐来拾取。
求我庶士,　追求我的小伙子,
迨其谓之。[7]　趁着聚会把我娶。

注释

[1]摽(biào):落,掉下。一说:抛。有:助词。

[2]实:果实。七:与下文的"三",指梅的果实只剩下十分之七、十分之三了。兮(xī):语助词。相当于现代汉语的"啊"、"呀"。

[3]求:追求,求婚。庶:众多。士:此处指未婚的男子。

[4]迨(dài):及时,趁着。吉:好,善。此指吉日良辰,好日子。

[5]今:今天,现在。

[6]顷筐:斜口浅筐,前低后高,簸箕之类。塈(jì):取。

[7]谓:通“会”。聚会。高亨《诗经今注》据《周礼·媒氏》,谓:“周代有的地区,民间每年开一次男女舞会,会中由男女自由订婚或结婚。”

导读

《摽有梅》是一首待嫁女子惜春求偶的情歌。三章,章四句。

这首诗以梅树起兴,引出待嫁女子对青春将逝的伤感和盼嫁的急切心情。暮春时节,梅子黄熟,开始纷纷坠落,由“其实七兮”而“其实三兮”至“顷筐塈之”。一位女子见此情景,联想到自己的青春随着岁月流逝,却仍嫁娶无期,便不禁情意急迫地唱出了这首怜惜青春、渴求爱情的诗歌。

全诗三章,首章“迨其吉兮”,表明女子期盼在聚会这一良辰吉日,有未婚男子向她求婚,尚有从容相待之意。第二章“迨其今兮”,表明女子希望和未婚男子就在今天定下终身,已见敦促的焦急之情。至末章“迨其谓之”,显现女子真情毕露,迫不及待想和意中男子马上成婚。三章叠咏,层层递进,生动有力地表现了女子情急意迫的心理过程,女子渴望爱情、主动追求幸福的形象跃然纸上。

《摽有梅》大约创作于西周末东周初。《周礼·媒氏》记载:“媒氏掌万民之判(婚配)。……令男三十而娶,女二十而嫁。……中(仲)春之月,令会男女。于是时也,奔者不禁。”周代民间的风俗,男子三十,女子二十,必须嫁娶。为了促成男女婚配,有的地区每年仲春二月,都会举行一种男女聚会,会上他们可以互相示爱求婚。在这个时候,如果不能具备六礼而结合的,也不必加以禁止。《摽有梅》正是当时这种社会风俗的反映,诗中青春将逝的女子恐其嫁不及时,急切希望男子向她求婚。

源自本诗的成语

“摽梅之年”,比喻女大当嫁的年龄。也写作“摽梅之候”。用例:转眼间表姐步入了摽梅之年,可她为了照顾守寡的姑妈,却一直不提婚事。/这几个女青年已到摽梅之候,凑到一起难免就会谈到自己的终身大事上去。

21. 葛覃(周南)

原文 | 译文

（一）

葛之覃兮，[1]
施于中谷，[2]
维叶萋萋。[3]
黄鸟于飞，[4]
集于灌木，[5]
其鸣喈喈。[6]

葛藤蔓啊长又长，
蔓延到那山谷中，
叶儿长得多茂盛。
黄雀飞来又飞去，
纷纷落在灌木丛，
叫声喈喈相和鸣。

（二）

葛之覃兮，
施于中谷，
维叶莫莫。[7]
是刈是濩，[8]
为絺为绤，[9]
服之无斁。[10]

葛藤蔓啊长又长，
蔓延到那山谷里，
叶儿长得多茂密。
割葛藤来煮葛藤，
织成絺绤来制衣，
穿着称心不厌弃。

（三）

言告师氏，[11]
言告言归。[12]
薄污我私，[13]
薄浣我衣。[14]
害浣害否？[15]

告知我家女保姆，
我已告假回娘屋。
搓揉洗净我内衣，
还要清洗我外服。
哪件要洗哪件不？

归宁父母。[16]	收拾回家探父母。

注释

[1]葛:多年生草本植物。茎、皮纤维可织葛布,俗称夏布。覃(tán):延,延长。

[2]施(yì):蔓延。中谷:谷中。

[3]维:助词。萋萋:茂盛的样子。

[4]黄鸟:黄雀。于:助词。

[5]集:鸟停在树上。

[6]喈(jiē)喈:鸟和鸣声。

[7]莫莫:义同上文的"萋萋"。

[8]是:指示代词。指代葛藤,做动词"刈"、"濩"的前置宾语。刈(yì):割取,收割。濩(huò):通"镬"。此处用作动词。指用镬煮。

[9]絺(chī):细葛布。绤(xì):粗葛布。

[10]服:穿。无:不。斁(yì):厌恶,厌弃。

[11]言:助词。告:告诉。师氏:保姆。

[12]归:回娘家。也叫回娘屋。告:告假,请假。告归:向公婆请假回娘家。

[13]薄:助词。污:洗去污垢。私:内衣。

[14]浣:洗。衣:外衣。这两句是互文,当合起来理解为搓揉洗涤内衣、外衣。

[15]害(hé):通"曷"。何。否:不。此指不用洗。

[16]宁:问安。归宁:古代已婚女子回娘家向父母问安。这句是全诗的主旨。

导读

《葛覃》是描写一位已婚女子准备回娘家省亲的诗。三章,章六句。

全诗三章,皆用赋法,描绘了三幅美妙的画境。首章是写阳光明媚的山间美景:长满茂盛叶子的藤条蔓延于谷中,黄雀喈喈和鸣,飞来飞去,纷纷停落在灌木丛中。二章是写采葛、制葛的劳动过程:女子上山割取葛藤,回家煮治,然后用葛的纤维织成粗布、细布,做成衣服。这种衣服穿起来非常舒服,不会被厌弃。末章是本诗的主体,写女子准备回娘家省亲:紧张的劳动告一段落,女子可以回娘家探望父母了。她征得公婆的同意后,心情非常激动。她告诉"师氏",赶快帮她将脏衣服洗干净,要分清哪件衣服当洗,哪件不必洗。收拾好衣服后,她就要动身了。

本诗展现了一位女子的高贵品德。她勤劳节俭，自己割葛、煮葛，织布、做衣，爱惜自己的劳动成果；她尊敬公婆，干完活征得公婆同意才回娘家；她孝敬父母，虽然已出嫁，但时时惦记要回家探望自己的父母。这些都是中国妇女的传统美德，在当今社会也是值得继承和发扬光大的。

这首诗虽然不长，但有些写作技巧值得一提。首先，是第一章风景描写上的特色：明媚的春天，幽静的山谷中爬满茂盛的葛藤，呈现出一种静态美；上下飞鸣的黄雀，在绿色的灌木丛中穿行，体现了一种动态美。这种动静结合的美景是实的，而这实的景象，让人内心产生一种欢愉的情感，这是虚的。动与静、虚与实的结合，情与景的交融，描绘出了一幅美丽的春天景色。其次，是互文手法的运用：三章“薄污我私，薄浣我衣”两句，陈奂《诗毛氏传疏》云：“上句言‘污’，下句言‘浣’；上句言‘私’，下句言‘衣’，皆互词耳。”黄焯《诗疏平议》云：“盖薄、污二语，乃是互文见义。王肃云：‘烦撋浣濯其私衣。’斯言当矣。”就是说这两句诗意义互为补充，当合起来理解，意谓“搓揉洗净我的内衣和外衣”。互文的手法，起了调整句式、和谐音韵的作用。

关于《葛覃》女主人公的身份，历来说法不一。《毛诗序》谓此诗为“后妃之本”，是说后妃在娘家志在女红之事，躬俭节用，尊敬师傅，出嫁后还常回家探望父母。余冠英《诗经选》说：“这诗写一个贵族女子准备归宁的事。”高亨《诗经今注》说：“这首诗反映了贵族家中的女奴们给贵族割葛、煮葛、织布及告假洗衣回家等一段生活情况。”以上几种说法相去甚远，但不管主人公是后妃、是贵族女子还是女奴，我们说《葛覃》讲的是“女子归宁”，应当是没有疑问的。

22. 女曰鸡鸣（郑风）

原文　　　　译文

（一）

原文	译文
女曰：“鸡鸣。”	女子说：“鸡已鸣唱。”
士曰：“昧旦。”[1]	男子说：“天还没亮。”
“子兴视夜，[2]	“你起床看看夜色，
明星有烂。”[3]	启明星儿多明亮。”

"将翱将翔，[4]	"我要出去转一转，
弋凫与雁。"[5]	射点凫雁来品尝。"

(二)

"弋言加之，[6]	"射下野鸭和大雁，
与子宜之。[7]	为你烹调好菜肴。
宜言饮酒，	菜肴烹好相对饮，
与子偕老。[8]	和你一同活到老。
琴瑟在御，[9]	又弹琴来又鼓瑟，
莫不静好。"[10]	无不安静又美好。"

(三)

"知子之来之，[11]	"知道你殷勤体贴，
杂佩以赠之。[12]	杂佩送你表心意。
知子之顺之，[13]	知道你温和柔顺，
杂佩以问之。[14]	杂佩送你表情意。
知子之好之，[15]	知道你爱我情深，
杂佩以报之。"[16]	杂佩送你表谢意。"

注释

[1]士：男子的通称。昧旦：天色将明未明之时。

[2]子：女子对男子的称呼。兴(xīng)：起来。视夜：看看夜色。

[3]明星：启明星。秋季，黎明前启明星就出现在东方。有：助词。有烂：犹"烂烂"。明亮的样子。以上两句是女子之言，以下两句是男子之言。

[4]将：且，又。翱翔：鸟展翅回旋地飞。此句比喻人出外自由自在地活动。指出外射猎，到处跑动。一说：将要。此句指天亮宿鸟将出巢飞翔，宜于射猎。

[5]弋(yì)：射。用带有丝绳可以回收的箭射鸟。凫(fú)：野鸭。

[6]言：助词。下同。加：中，射中。之：代词。指凫与雁。下句同。

[7]与：介词。为，替。宜：菜肴。此处用作动词。指烹调菜肴。

[8]偕老:共同生活到老。

[9]御:用,弹奏。一说:侍。此句是说有琴瑟在旁奏乐助兴。

[10]莫不:无不。静好:安静和美。以上六句为女子之言,以下六句是男子之言。

[11]子:指女子。下同。来(lài):殷勤。“知子之”与“来之”、“顺之”、“好之”中的“之”为助词。“赠之”、“问之”、“报之”中的“之”为人称代词。

[12]杂佩:由几种玉石组成的佩饰。

[13]顺:温和柔顺。

[14]问:赠送,馈赠。

[15]好(hào):爱恋,喜爱。

[16]报:报答,答谢。

导读

《女曰鸡鸣》是一首夫妇之间的联句诗。三章,章六句。

全诗三章均是赋体。诗人通过夫妇的对话,描写了他们欢乐和睦的家庭生活和诚笃的夫妻感情。

首章是夫妇的两段对话,写妻子勉夫勤劳。妻子说:“鸡已叫了。”催促丈夫起床。丈夫有些恋床,说:“天还没亮。”妻子又催促说:“你起来看看夜色,启明星已经闪亮了。”丈夫回应说:“我就起来,出去转一转,去射几只野鸭和大雁回来。”

第二章是妻子之言,写妻子的祈愿。听罢丈夫的回应,妻子表达了内心的祈愿:你射获野禽回来,我替你做成美味佳肴,我俩一边品尝野味,一边饮酒弹琴,愿我们的感情像琴瑟相调一样和谐,愿我们的生活永远宁静而美好,愿我能和你白头偕老。

末章是丈夫之言,表现了夫妇间互相敬爱的情意。丈夫被妻子的话深深感动,便解下杂佩,赠予妻子,并动情地说:“我知道你对我殷情体贴、温和柔顺,深深地爱着我,我将杂佩送给你,作为我对你的报答。”

末章六个句子,两两相间相重,构成三组结构相同,意义相近的叠句。每句只更换了一个动词,但这几个动词是句子的重音,也是全句意义的核心所在。叠句的反复咏唱,构成了回环往复的音韵美,也把丈夫对妻子热烈的感情表达得淋漓尽致。

《女曰鸡鸣》一诗,在中国文学史上有其独特的地位,诚如程俊英所说:“诗的对话和联句形式,给后世诗歌影响很大,可尊为联句诗之祖。”(《诗经译注》)

源自本诗的成语

“鸡鸣馌耕”，此成语由“女曰鸡鸣”与《豳风·七月》、《小雅·甫田》《大田》等诗中的“馌彼南亩”节缩而成，泛指妇女勤俭治家。用例：他妻子有鸡鸣馌耕之德，是个贤惠的农村妇女。

“昧旦晨兴”，谓天不亮就起来。形容勤勉操劳，或心存忧思难以安睡。用例：在瘟疫肆虐的那段时间里，医院领导总是昧旦晨兴，不辞辛劳地工作。

二、农事劳作诗

诗歌是在社会生产劳动中产生并发展的，我国农业有悠久的历史，《诗经》时代，农业生产在社会经济中已占有重要地位。因此《诗经》中有相当多的农事诗，如《周南·芣苢》、《魏风·十亩之间》、《豳风·七月》、《小雅·楚茨》《信南山》《甫田》《大田》和《周颂·臣工》《噫嘻》《丰年》《载芟》《良耜》等。

《诗经》中还有一些与农耕有关的劳作诗，有的反映田猎生活，如《周南·兔罝》、《召南·驺虞》、《郑风·大叔于田》、《齐风·还》《卢令》、《秦风·驷驖》等；有的描写畜牧事业，如《小雅·无羊》、《鲁颂·駉》等。

1. 芣苢(周南)

原文	译文
(一)	
采采芣苢，[1]	采芣苢啊采芣苢，
薄言采之。[2]	把那芣苢采起来。
采采芣苢，	采芣苢啊采芣苢，
薄言有之。[3]	把那芣苢采下来。
(二)	
采采芣苢，	采芣苢啊采芣苢，
薄言掇之。[4]	把那芣苢捡起来。
采采芣苢，	采芣苢啊采芣苢，

薄言捋之。[5]	把那芣苢抹下来。

（三）

采采芣苢，	采芣苢啊采芣苢，
薄言袺之。[6]	提起衣襟兜起来。
采采芣苢，	采芣苢啊采芣苢，
薄言襭之。[7]	掖起衣襟收回来。

注释

[1]采采：采了又采。一说：茂盛的样子。芣苢（fú yǐ）：一种多年生草本植物，俗称车前子。叶子和种子可以入药，有利尿、镇咳、止泻等作用。《韩诗》"苢"作"苡"。

[2]薄言：语助词连用。用以协调音节，无实义。采：摘取。

[3]有：采取，采得。上面"采之"是泛言去采，这里"有之"是实写已采到。朱熹《诗集传》："采，始求之也；有，既得之也。"

[4]掇（duó）：拾取，捡起。指把掉落在地上的车前子捡起来。

[5]捋（luō）：顺着茎部成把地抹取。

[6]袺（jié）：提起衣襟兜东西。

[7]襭（xié）：将衣襟角掖在衣带间兜东西。朱骏声《说文通训定声》："兜而扱于带间曰襭，手执之曰袺。"

导读

《芣苢》是一首妇女们在采摘车前子时所唱的歌。三章，章四句。

全诗三章均为赋体，用朴实无华的语言描绘了妇女们采摘劳动的全过程。首章是写妇女们结伴去采摘车前子。二章是写妇女们采摘的具体情况，她们或把掉在地上的车前子拾起来，或把车前子从茎上成把成把地捋下来。三章是写劳动将结束了，妇女们纷纷把采摘到的车前子提起衣襟兜着；或把衣角掖在衣带间，让衣襟形成一个兜，把车前子盛好，准备满载而归。

本诗的语言极其精练，关于采摘的动词的运用十分巧妙传神，但最值得一提的艺术特色是其重章复沓的表现手法：全诗"采采"二字重叠最多，而每章第三句重复第一句，第四句较第二句只改动一个字。第二、三章重复第一章，也只是分别改动了第二、四句中的动词。也就是说，全诗三章十二句四十八个字，只有“采”、“有”、“掇”、“捋”、“袺”、“襭”六个动词是不断变化的，其余全是重叠。“复沓是歌谣的生命。歌谣的组织整个儿靠复沓，韵并不是必然的。”（朱自清《抗战与诗》）《诗经》中的民间歌谣，有很多都运用了重章叠句的形式，但像《芣苢》这样叠章、叠句、叠词的现象，在《诗经》中确实是很特别的。重章叠句，一唱三叹，明快的节奏与和谐的韵律，产生了往复回环的音乐美；言辞的重复，步步加深语意，加强语势，产生了感情层层递进的艺术效果。

《芣苢》一诗，颇受古今学者的好评。清人方玉润说：“读者试平心静气涵咏此诗，恍听田家妇女，三三五五，于平原绣野、风和日丽中群歌互答，余音袅袅，若远若近，忽断忽续，不知其情之何以移而神之何以旷。则此诗可不必细绎而自得其妙焉。……今世南方妇女登山采茶，结伴讴歌，犹有此遗风云。”（《诗经原始》）闻一多也说：“请你再把诗读一遍，抓紧那节奏，然后合上眼睛，揣摩那是一个夏天，芣苢都结子了，满山谷是采芣苢的妇女，满山谷响着歌声。”（《匡斋尺牍》）我们反复咏唱此诗，眼前会浮现幅幅美丽动人的劳动场景，耳旁会萦绕阵阵节奏鲜明、韵律和谐的欢乐歌声，这真是一种美的享受。

2. 七月（豳风）

原文 / 译文

（一）

原文	译文
七月流火，[1]	七月里火星向西沉，
九月授衣。[2]	九月里妇女制冬衣。
一之日觱发，[3]	十一月北风呼呼啸，
二之日栗烈。[4]	十二月严冬寒气逼。
无衣无褐，[5]	粗布衣衫没有一件，
何以卒岁？[6]	靠什么度过这年底？
三之日于耜，[7]	正月里修整好农具，

四之日举趾。[8]	二月里举足下田地。
同我妇子，[9]	女人和孩子一起去，
馌彼南亩，[10]	把饭食送到田地里，
田畯至喜。[11]	田大夫见了很欢喜。

（二）

七月流火，	七月里火星向西沉，
九月授衣。	九月里妇女制衣裘。
春日载阳，[12]	春天里天气始变暖，
有鸣仓庚。[13]	黄莺儿声声唱枝头。
女执懿筐，[14]	姑娘们手挎深竹筐，
遵彼微行，[15]	沿着那小路结伴走，
爰求柔桑。[16]	采摘的桑叶嫩又柔。
春日迟迟，[17]	春天里白昼渐渐长，
采蘩祁祁。[18]	采蘩的人儿密又稠。
女心伤悲，	姑娘的心里暗伤悲，
殆及公子同归。[19]	害怕被公子带了走。

（三）

七月流火，	七月里火星向西沉，
八月萑苇。[20]	八月里收割芦苇忙。
蚕月条桑，[21]	三月里桑枝要修剪，
取彼斧斨，[22]	拿上那斧头带上斨，
以伐远扬，[23]	高枝与长条都砍掉，
猗彼女桑。[24]	拉拢那枝条采嫩桑。
七月鸣鵙，[25]	七月里伯劳声声叫，
八月载绩。[26]	八月里开始把丝纺。
载玄载黄，[27]	染成那红黑和黄色，

我朱孔阳，[28]	我染的红丝最鲜亮，
为公子裳。[29]	要为那公子做衣裳。

（四）

四月秀葽，[30]	四月里远志把穗抽，
五月鸣蜩。[31]	五月里蝉儿叫不休。
八月其获，[32]	八月里忙着收庄稼，
十月陨萚。[33]	十月里枯叶落枝头。
一之日于貉，[34]	十一月野外去猎貉，
取彼狐狸，[35]	还得捕捉那野狐狸，
为公子裘。	要为那公子做衣裘。
二之日其同，[36]	十二月众人聚一起，
载缵武功。[37]	继续来习武把猎狩。
言私其豵，[38]	猎得的小兽归己有，
献豜于公。[39]	大兽要献给公家收。

（五）

五月斯螽动股，[40]	五月里蚱蜢动双股，
六月莎鸡振羽。[41]	六月里莎鸡振羽翼。
七月在野，[42]	七月里蟋蟀鸣郊野，
八月在宇，	八月里天凉檐下移，
九月在户，	九月里避寒门后躲，
十月蟋蟀入我床下。	十月里蟋蟀藏床底。
穹窒熏鼠，[43]	尽堵那洞穴烟熏鼠，
塞向墐户。[44]	北面窗封住门涂泥。
嗟我妇子，[45]	可叹我老婆和孩子，
曰为改岁，[46]	眼看那年关将要至，
入此室处。[47]	搬进这屋里住一起。

（六）

六月食郁及薁，[48]
七月亨葵及菽。[49]
八月剥枣，[50]
十月获稻。
为此春酒，[51]
以介眉寿。[52]
七月食瓜，
八月断壶，[53]
九月叔苴。[54]
采荼薪樗，[55]
食我农夫。[56]

六月里吃李和葡萄，
七月里烹葵又煮豆。
八月里把那枣儿打，
十月里又将稻谷收。
枣儿和稻谷酿春酒，
以祈求延年又益寿。
七月里可以吃瓜菜，
八月里葫芦可摘采，
九月里麻子好藏收。
多采些苦菜多砍柴，
农夫要靠此来糊口。

（七）

九月筑场圃，[57]
十月纳禾稼。[58]
黍稷重穋，[59]
禾麻菽麦。[60]
嗟我农夫，
我稼既同，[61]
上入执宫功。[62]
昼尔于茅，[63]
宵尔索绹。[64]
亟其乘屋，[65]
其始播百谷。[66]

九月里筑好打谷场，
十月里五谷收进仓。
黍米高粱和早晚稻，
粟麻与豆麦全收藏。
可叹啊我们种田人，
地里的庄稼刚收好，
还要去官府修宫房。
白天需外出割茅草，
搓绳的活儿靠晚上。
急忙上房去修茅屋，
又将要开始春播忙。

(八)

二之日凿冰冲冲,[67]	十二月凿冰冲冲响,
三之日纳于凌阴。[68]	正月里冰块地窖藏。
四之日其蚤,[69]	二月里举行祭祀礼,
献羔祭韭。[70]	献上那韭菜与羔羊。
九月肃霜,[71]	九月里天高又气爽,
十月涤场。[72]	十月里清扫打谷场。
朋酒斯飨,[73]	斟满了朋酒来待客,
曰杀羔羊。[74]	又杀小羔来又宰羊。
跻彼公堂,[75]	大伙儿一起上公堂,
称彼兕觥,[76]	牛角杯高高举过头,
万寿无疆。[77]	齐声祝愿万寿无疆。

注释

[1]七月:夏历七月。流:向下降行。火:星名。又名“大火”,即“心宿”。每年夏历五月黄昏,此星出现在南方,方向最正,位置最高。过了六月就偏西向下行,暑热始退。

[2]授衣:将裁制冬衣的工作交给妇女们去做。马瑞辰《毛诗传笺通释》:“凡言授者,皆授使为之也。此诗‘授衣’亦授冬衣使为之。”

[3]一之日:一月里的日子。诗中的“一之日”、“二之日”、“三之日”、“四之日”,是周历的记月方法。分别对应夏历的“十一月”、“十二月”、“正月”、“二月”。诗中其他月份,均指夏历。觱发(bì bō):寒风触物发出的声音。

[4]栗烈:或作“凛冽”。寒气逼人,寒风刺骨。

[5]褐:粗布衣服。

[6]何以:“以何”的倒文。依靠什么。卒:终了。卒岁:终岁。指度过年终。

[7]于:助词。耜(sì):古代耕田起土的农具。此处用作动词。指修理农具。

[8]趾:足。举趾:举足下田耕种。

[9]同:共,一起。我:农民的家长。妇子:女人和小孩。

[10]馌(yè):送饭。南亩:本指南北向的田垄,此泛指农田。

[11]田畯(jùn):掌管农事的官吏。又称农正、田大夫或田官。至喜:非常高兴。

[12]春日:指夏历三月。载:开始。阳:天气温暖。

[13]有:助词。仓庚:鸟名,即黄莺。

[14]懿筐:深筐。

[15]遵:沿着。微行(háng):小路。

[16]爰:助词。求:此处指采摘。柔桑:柔嫩的桑叶。

[17]迟迟:缓慢的样子。春日迟迟:是说春天白昼长。

[18]蘩(fán):菊科植物。又名白蒿。据说,蚕未出时,用蘩煮水洗蚕子,使蚕易出。祁祁:众多的样子。

[19]殆:恐,只怕。及:与。公子:贵族公子。

[20]萑(huán)苇:荻草和芦苇。此处用作动词。指收割萑苇。八月萑苇长成,收存下来,次年可以做蚕箔。

[21]蚕月:养蚕的月份,指三月。条桑:修剪桑枝。一说:挑取桑叶。

[22]斨(qiāng):方孔的斧头。

[23]远扬:指长得又长又高的枝条。

[24]猗(yī):通"掎"。牵引。"掎桑"是用手拉着桑枝来采叶。女桑:柔嫩的桑叶。

[25]鵙(jú):鸟名,即伯劳。又名鴂。

[26]载绩:开始纺织。

[27]载:助词。玄:红黑色。玄、黄:此处用作动词。指染成红黑色和黄色。

[28]朱:大红色。孔:极其,很。阳:鲜明。

[29]裳:此处用作动词。指做衣裳。

[30]秀:植物吐穗开花。葽(yāo):草本植物。又名远志。

[31]蜩(tiáo):蝉。

[32]其:助词。获:收获庄稼。

[33]陨萚(tuò):草木落叶。

[34]于:助词。貉(hé):动物名,形似狐而体胖,皮毛是珍贵裘料。又名狗獾。此处用作动词。指猎取貉。

[35]取:猎取,捕捉。

[36]其:助词。同:聚合。指狩猎之前聚合众人。

[37]载:助词。缵(zuǎn):继续。武功:武事。指打猎的事。

[38]言:助词。私:此处用作动词。指私人占有。豵(zōng):一岁小猪。此处泛指小兽。

[39]豜(jiān):三岁的猪。此处泛指大兽。

[40]斯螽(zhōng):蝗一类的昆虫,即蚱蜢、蚂蚱。动股:指发出声音。古人误以为斯螽的鸣叫声是两股相摩擦出来的。

[41]莎(suō)鸡:虫名,即纺织娘。振羽:指鼓翅发声。

[42]七月在野:此与以下"在宇"、"在户"、"入床下",四句主语都是蟋蟀。是说蟋蟀夏天在野外,秋天渐凉,便移于宇(屋檐)下,再移到户内,最后入床下。

[43]穹(qióng):穷尽。一说:空隙。窒(zhì):堵塞。穹窒:完全堵塞(鼠穴)。一说:将空隙堵塞。熏:用烟火熏。

[44]向:朝北的窗户。墐(jìn):用泥涂塞。

[45]嗟:叹息,悲叹。

[46]曰:助词。改岁:更改年岁。指旧岁过完,新年复始。

[47]处(chǔ):居处,居住。

[48]郁:植物名,即郁李。唐棣之属,果实像李子。薁(yù):植物名,即蘡薁。也叫野葡萄。

[49]亨(pēng):同"烹"。煮。葵:菜蔬名,即冬葵。菽:豆类的总称。

[50]剥(pū):通"扑"。击,打。

[51]春酒:冬天酿造春天始成的酒。

[52]介:通"丐"。祈求。眉寿:长寿。人老眉间有毫毛,叫秀眉,所以称长寿为眉寿。

[53]断:采摘。壶:通"瓠"。葫芦。

[54]叔:拾取。苴(jū):麻子。可以吃。

[55]荼(tú):苦菜。樗(chū):木名,即臭椿。薪:柴薪。此处用作动词。薪樗:砍伐樗木作柴薪。

[56]食(sì):把食物给人吃。

[57]场:打谷的场地。圃:菜园。筑场圃:把菜园压平当作打谷的场地。古代场、圃同地,春夏为圃,秋冬为场。

[58]纳:收进。禾稼:泛指各类谷物。纳禾稼:把谷物收进粮仓。

[59]黍:糜子,今名小米。稷:高粱。重(tóng):通"穜"。早种晚熟的谷类。穋

(lù):晚种早熟的谷类。

[60]禾:粟。

[61]同:收齐,集中。

[62]上:通“尚”。还要。宫功:修建宫室之事。

[63]尔:助词。于:助词。茅:此处用作动词。指割取茅草。

[64]索:此处用作动词。指搓制绳索。绹(táo):绳。

[65]亟:急,赶快。乘:登上。乘屋:登上屋顶修缮房屋。

[66]其:副词。将。

[67]冲冲:凿冰的声音。

[68]凌:冰。阴:通“窨”。地窖。此句是说把冰藏入地窖以备夏天用。

[69]蚤:通“早”。此处指早朝,古代一种祭祀仪式。

[70]献羔祭韭:此句是说献上羔羊和韭菜以祭祖。

[71]肃霜:犹“肃爽”。天高气爽。

[72]涤场:把打谷场打扫干净。一说:“涤场”即“涤荡”。“十月涤荡”是说到了十月草木摇落无余。

[73]朋酒:两樽酒。斯:助词。飨(xiǎng):以酒食待客。

[74]曰:助词。

[75]跻(jī):登,升。公堂:公共场所。不一定是国君的朝堂。

[76]称:举起。兕觥(sì gōng):用犀牛角制成的酒器。

[77]万:大。无疆:无穷。“万寿无疆”是颂祝之词。

导读

《七月》是一首农事诗。八章,章十一句。

此诗是《国风》中最长的一首叙事诗。全诗以月份为经,以每月的农事和杂务为纬,全面、真实、具体地描写了西周时代农夫们在一年中的劳动过程和生活状况。

首章写农夫从岁寒到春耕开始的艰辛劳作和生活苦状。夏历七月,天上的火星开始向西下移,暑退寒来,统治者将制冬衣的工作交给了妇女。然而在寒风凛冽的冬天,农夫们却忧虑“无衣无褐,何以卒岁”。一到春天,农夫们就休整好农具,下田耕作。女人和孩子一起去,把饭食送到田头。田官见了非常高兴。

第二章写妇女采桑之事。春天到了,气温回暖,桑林翠绿,黄鸟鸣啭,妇女们手挽深筐,纷纷结伴去采摘桑叶。她们一边忙着采桑,一边忧心忡忡,“殆及公子同归”。

第三章写妇女养蚕、纺绩之事。夏历八月，妇女们收割芦苇以作蚕箔，三月修剪桑树枝、采摘嫩桑叶。蚕事完毕，又开始纺绩。她们把丝染成各种鲜艳的颜色，可惜这些不能为自己所用，而是要“为公子裳”。

第四章写狩猎之事。秋后农事既毕，农夫们还得外出狩猎。要将猎获的貉、狐狸等交给公子做皮袄。猎获的大兽得上交公家，而自己只能得到剩下的小兽。

第五章写修屋备冬之事。五月里蚱蜢鸣叫，六月里纺织娘鼓翅发声，七月里蟋蟀开始从野外渐渐移至屋内而躲在床下，隆冬季节迫近了。农夫们赶紧修缮自己的茅屋，“穹窒熏鼠，塞向墐户”，以便住进去度过严冬。

第六章写采藏果蔬之事。除了以上农事，农夫们还要为公家做一些烹葵煮豆、打枣、收稻、酿酒等副业，而为自己采藏的食物仅是瓜瓠麻子苦菜之类。

第七章写秋后劳役之事。秋后各种粮食刚刚收割进仓，农夫又要到官府修缮公屋。他们白天要去割茅草，晚上还要搓绳索。等到修好房屋，播种百谷的时节又将来临。

末章写年终宴饮之事。寒天冰冻之时，农夫们还得为公家凿冰、藏冰。早春二月，还得献上羔羊和韭菜以祭祖。到了年终，农事都已完毕，于是大家齐聚公堂，杀羔宰羊，饮酒为欢，并举杯祝愿“万寿无疆”。

《七月》通篇都是赋体，诗的语言质朴无华，所用词汇丰富生动；大量重言词、联绵词的运用，增加了诗的节奏感，使之便于讽诵。这些便是《七月》主要的艺术特点。

古今对《七月》的赞誉很多，在艺术上也推崇备至，如姚际恒《诗经通论》、牛运震《诗志》、方玉润《诗经原始》、吴闿生《诗义会通》等，都对《七月》给予了极高的评价。程俊英对此有自己独到的见解，她说：“《七月》的伟大，在于其史料价值。研究古代社会性质的，研究古代农业发展状况的，甚而至于研究古代气候的众多学者，都可以从中挖掘出许多宝贵的材料。尽管对这些史料的认识有见仁见智之异，而其真实性则是无可置疑的。在这方面的价值，十五《国风》中无出其右者。但是，从文学艺术的角度来看，《七月》并不见得有什么强烈的迷人魅力。前人对《七月》称颂备至，说它‘无体不备，有美必臻。晋唐后陶、谢、王、孟、韦、柳田家诸诗从未见臻此境界’。说它‘神妙奇伟，殆有非言语形容所能曲尽者’。说它‘洵天下之至文’、‘真是无上神品’。这些赞词，未免过分，显得缺少发展的眼光。我们觉得倒是崔述一段话值得注意。他说：‘读《七月》，如入桃源之中，衣冠朴古，天真烂漫，熙熙乎太古也。’的确，不着意构筑，信口而出，天真纯朴，这便是《七月》的特点。至于它的章法，不少前贤苦心孤诣地加以探寻，却始终未能归于一说。这个事实，不正能从反面证明，它其实并没有什么奇妙的章法吗？如果我们明白，《七月》起于古代诗歌发展的萌芽期，中经民间口头流传,最后由太师整理成篇,就不难理解这种各章参差错互、头绪不易捉摸的现象了。总之,《七月》是一首杰出的农事诗,但也仅仅是一首农事诗。”(《诗经注析》)这一评论是公允、中肯的,我们对此诗不必作过度的解读。

源自本诗的成语

“鸡鸣馌耕”,见《郑风 · 女曰鸡鸣》讲析。

“七月流火”,原指夏历七月的黄昏,大火星的位置由中天逐渐西降,此时暑渐退而秋将至,天气渐渐转凉。后来意义异化,“七月流火”被用来指阳历七月盛夏之时,酷暑难耐。用例:七月流火。随着气温的上升,关于“真理标准”问题的论战也不断升温。(叶永烈《1978:中国命运大转折》第十章)

“春日载阳”,谓春天气候开始变暖。用例:春日载阳,春风拂面,万物惊蛰,天地清明,人如草木,亦有生根发芽、欣欣向上之意。(余世磊《春天读诗》)

“万寿无疆”,谓大寿无止境。指寿命没有尽头,永远活在世上。常用为祝福之辞。用例:今天是爷爷八十岁生日,我们大家祝他老人家万寿无疆。

3. 大田(小雅)

原文	译文
(一)	
大田多稼,[1]	大田广阔庄稼多,
既种既戒,[2]	选罢种子修农具,
既备乃事。[3]	准备工作都办妥。
以我覃耜,[4]	扛着我的锋利犁,
俶载南亩,[5]	开始下田去耕作,
播厥百谷。[6]	把那稻粱百谷播。
既庭且硕,[7]	苗儿挺拔又硕壮,
曾孙是若。[8]	曾孙遂心好快活。

（二）

既方既皂，[9]	谷粒已经初长成，
既坚既好，[10]	已渐坚实又完好，
不稂不莠。[11]	没有公禾和杂草。
去其螟螣，[12]	除掉害虫螟和螣，
及其蟊贼，[13]	还有那些贼和蟊，
无害我田稚。[14]	不要伤害田中苗。
田祖有神，[15]	多亏农神有灵验，
秉畀炎火。[16]	把虫投进大火烧。

（三）

有渰萋萋，[17]	雨云萋萋遮满天，
兴雨祁祁。[18]	细雨徐徐淅沥沥。
雨我公田，[19]	雨儿落在公田里，
遂及我私。[20]	便也洒到我私地。
彼有不获稚，[21]	那边嫩谷未收割，
此有不敛穧；[22]	这边已割未捆起；
彼有遗秉，[23]	那边禾把有遗落，
此有滞穗，[24]	这边禾穗有残留，
伊寡妇之利。[25]	此皆寡妇的好利。

（四）

曾孙来止，[26]	曾孙省敛已来临，
以其妇子，[27]	农夫带上妇和子，
馌彼南亩，[28]	把饭送到田地里，
田畯至喜。[29]	田官见了特开心。
来方禋祀，[30]	周王来祭四方神，

以其骍黑，[31]	红黑牺牲作祭品，
与其黍稷，[32]	配上高粱和小米，
以享以祀，[33]	献上祭品行祭礼，
以介景福。[34]	以求大福为生民。

注释

[1]大田：面积广阔的田。多稼：庄稼繁多。一说：多种植庄稼。“稼”用作动词。

[2]既：已经。种(zhǒng)：选种。戒：通“械”。修整农具。

[3]备：完备，齐备。乃：此，这些。乃事：这些事。指上述准备工作。

[4]以：用。覃(yǎn)：通“剡”。锐利。耜(sì)：古代农具耒耜的主要部件，犹后世的犁头。

[5]俶(chù)：开始。载：从事工作。南亩：泛指农田。

[6]厥：指示代词。其，那。百谷：指各种谷物。

[7]庭：直生。硕：大。

[8]曾孙：指周王。此对周代的先祖而言。是：助词。若：顺。这句是说一切顺了周王的意愿。

[9]方：通“房”。指谷粒初生嫩壳。皂(zào)：指谷粒初长成，外壳尚未坚实。

[10]坚：指谷粒饱满坚实。好：指谷粒完全成熟。

[11]稂(láng)：一种生穗而不饱实的禾，俗称公禾，又叫童粱。莠(yǒu)：一种田间常见的杂草，叶穗像禾。

[12]螟(míng)：吃禾心的小青虫，长约半寸。螣(tè)：一种食禾叶的虫。

[13]蟊(máo)：一种吃禾根的虫。贼：一种专食禾节的虫。

[14]无：通“毋”。不要，别。稚：幼禾。

[15]田祖：农神。神：灵验，神通。

[16]秉：持，拿。畀(bì)：付，投入。炎火：大火。

[17]有：助词。有渰(yǎn)：犹“渰渰”。雨云兴起的样子。萋萋：云盛的样子。

[18]兴雨：下起雨来。三家《诗》作“兴云”。祁祁：犹“徐徐”。缓慢的样子。此句指下的细雨而不是暴雨。

[19]雨(yù)：此处用作动词。下雨，落下。公田：属于公家的田。

[20]遂：于是，就。私：属于私人的田地。

[21]获:收割。穉:晚种后熟的庄稼。

[22]敛:收聚。穧(jì):禾捆。不敛穧:已割而未捆的禾。

[23]遗:遗漏,遗落。秉:禾把。

[24]滞:留,遗留。

[25]伊:指示代词。是,此。利:好处。这句是说这儿那儿未割、未收及遗留下来的禾穗,让穷苦的寡妇拾取,得到好处。

[26]止:语助词。这句是说周王出来巡视农事。

[27]以其妇子:"以"即"与","其"指代农夫。指农夫和他的妻儿。一说:"其"指代周王,指周王与其妇(王妃)子(王子)。

[28]馌(yè):送饭。南亩:泛指田地。

[29]田畯(jùn):掌管农事的官吏。又称农正、田大夫或田官。至喜:非常高兴。

[30]来:指曾孙来。方:祭祀四方之神。禋(yīn)祀:古代祭天的一种礼仪。先烧柴升烟,再加牲体、五谷或玉帛于柴上焚烧。

[31]以:用。其:指示代词。那。骍(xīng):赤色的牛。黑:黑色的猪、羊。古代称作祭品用的牛、羊、猪等牲畜为"牺牲"。

[32]与:和,跟。其:指示代词。那。

[33]以:连词。享:献上祭品。祀:行祭礼。

[34]以:连词。来,以便。介:祈求。景:大。

导读

《大田》是一首描写西周农事的诗。四章,二章章八句,二章章九句。

此诗四章皆为赋体。首章写春天备耕播种。"大田多稼",说明生产规模很大,也为下文的春耕夏耘和秋收等劳动场景作了铺垫。要种好庄稼就要选择良种,修好农具。这些准备工作做好以后,就可以下田耕作,播种百谷。禾苗长得挺拔硕壮,遂了出巡劝耕的周王的心愿。"曾孙是若",为末章周王省敛、祭神埋下了伏笔。

第二章写夏天田间管理。"既方既皂,既坚既好"是说到了夏天,作物渐趋成熟。但要获取丰收,还必须加强田间管理。要清除田间杂草;要灭除各种害虫,不许它们伤害禾苗。灭虫可以采用火攻的办法,将它们用火烧死。

第三章写秋天丰产丰收。到了秋天,雨水及时,公田私田都受到绵绵细雨的滋润,粮食获得了丰收。在丰收的田地里,有未割尽的禾,有已割而未及收捆的禾,有遗落下的禾把,还有撒落在地上的禾穗。这些未割、未收及遗留下来的禾穗,让穷苦的寡妇拾取,得到好处。

末章写周王省敛祭神。周王巡视秋收,碰上农妇和孩子为辛勤劳作的农夫送饭到田头,田官非常高兴。丰收后举行秋祭,用红、黑色的牺牲及黍稷等作祭品,由周王主祭四方之神,以祈求更大的幸福。本章的“省敛”与首章春耕时“曾孙是若”相呼应。

《大田》是《诗经》中重要的农事诗,在写人、状物、绘景等方面,纯用白描手法,语言平淡质朴,不尚华丽,为后世描绘了一幅西周时代农业生产方面的民情风俗画卷,也为研究古代土地制度、农业生产、生产关系等提供了重要史料。

源自本诗的成语

“不稂不莠”,原指耕作精细,田中没有什么杂草。后也用来指既不像稂,又不像莠,比喻人不成才或没有出息。用例:第一要他自己学好才好;不然,不稂不莠的,反倒耽误了人家的女孩儿,岂不可惜?(清·曹雪芹《红楼梦》第八十四回)

“鸡鸣馌耕”,见《郑风·女曰鸡鸣》讲析。

4. 噫嘻(周颂)

原文

噫嘻成王,[1]
既昭假尔。[2]
率时农夫,[3]
播厥百谷。[4]
骏发尔私,[5]
终三十里。[6]
亦服尔耕,[7]
十千维耦。[8]

译文

噫嘻我们的成王,
已经明白告诫你。
率领这些农夫们,
百谷杂粮播下地。
迅速开发你私田,
全部耕完三十里。
从事你们的耕作,
万人耦耕齐努力。

注释

[1]噫嘻(yī xī):赞叹声。成王:指周成王。这里是生时的称呼,不是死后的谥号。

[2]既:已经。昭:明。假:通“嘏”。告。昭假:明白告诫。尔:你。指农官。下同。一说:助词。

[3]率:带领。时:犹“是”。此,这些。

[4]播:播种。厥:指示代词。其,那。

[5]骏:迅速,赶快。发:开发。私:私田。

[6]终:尽。三十里:程俊英《诗经注析》:“据《周礼》的说法,方圆三十二里半是一个农业行政区域,可容一万农夫耕种,由一个农官掌管。这是儒家虚构的井田制度。此处三十里,但举成数而言。一说此为农官的私田,不是井田。”

[7]亦:助词。服:从事。

[8]十千:一万。维:助词。耦(ǒu):两人各持农具并肩耕作。诗中“三十”和“十千”都是虚数,非实指。“终三十里”、“十千维耦”,只是极言其地之广,其劳动者之多,展现一派热火朝天的大生产景象。

导读

《噫嘻》是周成王举行亲耕藉田之礼告诫农官的诗。一章,八句。

这首诗是周成王身边的近臣用成王的名义告诫农官:春天来临,不要耽误农时,要率领农夫播种百谷;要迅速全面开发三十里面积的私田;要发动万人出工,齐心并力,从事耕作。

本诗为赋体而全篇无韵,语言朴实,叙事精练,真实、具体地反映了西周农业生产的状况,为研究西周时期的生产力、生产关系提供了一些依据,因而具有较高的史料价值。

为了突出春耕时地广人多,热火朝天的劳动气势,诗人运用了夸张的修辞手法。诗中“三十”和“十千”都是虚数,都是夸张之词。程俊英谓:“夸张言过其实的艺术手法,已滥觞于此诗。”(《诗经注析》)

此诗虽然只有八句,但对诗中词语的解释,古今极多歧义,很难统一。因此,关于本诗的时代和主题,历来争议较大,至今也没有取得比较一致的认识。

5. 还(齐风)

原文　　译文

(一)

子之还兮,[1]	你的身手轻快灵便啊,
遭我乎峱之间兮。[2]	与我相遇峱山之间啊。
并驱从两肩兮,[3]	并驾追逐两只大兽啊,
揖我谓我儇兮。[4]	拱手夸我技巧熟练啊。

(二)

子之茂兮,[5]	你的身体健康美好啊,
遭我乎峱之道兮。[6]	与我相遇峱山之道啊。
并驱从两牡兮,[7]	并驾追逐两只公兽啊,
揖我谓我好兮。[8]	拱手夸我技艺高超啊。

(三)

子之昌兮,[9]	你的体格健美硕壮啊,
遭我乎峱之阳兮。[10]	与我相遇峱山之阳啊。
并驱从两狼兮,	并驾追逐两只野狼啊,
揖我谓我臧兮。[11]	拱手夸我本领高强啊。

注释

[1]子:你。此为猎手们之互称。还(xuán):轻快敏捷的样子。

[2]遭:相遇。峱(náo):齐国山名,在今山东临淄县南。间:指两山之间。

[3]并驱:并驾齐驱。从:追赶,追逐。肩:通“豜”。三岁的兽,大兽。

[4]揖(yī):作揖,拱手行礼。儇(xuān):灵巧,技巧娴熟。

[5]茂:美,健美。

[6]道:道路。此指山径。

[7]牡:雄兽。

[8]好:美好。此指技艺好。

[9]昌:健壮。

[10]阳:山的南面。

[11]臧(zāng):善,好。

导读

《还》是一首猎人出猎相遇互相赞美的诗。三章,章四句。

本诗全用赋法,以豪放的情调、率真的语言,赞美了猎手之间的友谊,抒发了猎后的欢快之情,反映了齐国人民喜欢游猎的习俗。

全诗三章,重章叠句,每章只换了四个字。三章首句之"还"、"茂"、"昌"义近,是诗人称赞合作的猎手敏捷、健美、硕壮。第二句的"间"、"道"、"阳",第三句的"肩"、"牡"、"狼",均属互文见义。黄焯《诗说》卷二《诗义重章互足说》云:"风诗间采民俗歌谣之作,反复咏叹者特多,故有一义而离为数章、析为数句者。若专执一章一句而立解,则鲜有合者矣。""遭我乎猛之间兮"、"遭我乎猛之道兮"、"遭我乎猛之阳兮",义互相足,当合在一起理解为"与我相遇在猛山南面的山间道路上";"并驱从两肩兮"、"并驱从两牡兮"、"并驱从两狼兮",当理解为"并驾追逐两只大的公狼"。闻一多《风诗类钞》谓"'肩'以年言,'牡'以性言,'狼'以类言,三章义互相足"。三章末句之"儇"、"好"、"臧"义近,是猎手对诗人高超射猎技巧的赞誉。三章如此变换词语,只是为了便于反复咏叹的需要,并非说他俩相逢三次,共猎三场。

此诗为杂言体,每章四句,句型排列为四、七、六、六,长短错杂,使全诗语调舒缓,节奏错落有致,咏叹时更具音乐美。此诗的结构前后呼应,对人、物的描写有一种不受约束的豪爽之气。吴闿生《诗义会通》引"旧评"云:"飞扬豪骏,有控弦鸣镝之气。"方玉润《诗经原始》引章潢的话评论说:"'子之还兮',已誉人也;'谓我儇兮',人誉已也;'并驱',则人已皆与有能也。寥寥数语,自具分合变化之妙。猎固便捷,诗亦轻利,神乎技矣。"这些评论,正道出了此诗在艺术上的特色。

6. 无羊（小雅）

原文	译文
（一）	
谁谓尔无羊？[1]	有谁说你没有羊？
三百维群。[2]	一群就有数百头。
谁谓尔无牛？	有谁说你没有牛？
九十其犉。[3]	七尺大牛满坡走。
尔羊来思，[4]	你的羊群下山来，
其角濈濈。[5]	羊角纷纷相聚凑。
尔牛来思，	你的牛群下山来，
其耳湿湿。[6]	牛耳扇动慢悠悠。
（二）	
或降于阿，[7]	有的牛羊跑下坡，
或饮于池，	有的池边把水喝，
或寝或讹。[8]	有的游动有的卧。
尔牧来思，[9]	你的牧人来放牧，
何蓑何笠，[10]	头戴斗笠身披蓑，
或负其糇。[11]	有的干粮肩背着。
三十维物，[12]	牛羊毛色数十种，
尔牲则具。[13]	祭牲齐备品目多。
（三）	
尔牧来思，	你的牧人来放牧，

以薪以蒸，[14]	牧草有粗也有精，
以雌以雄。[15]	种畜牧放分雌雄。
尔羊来思，	你的羊群下山来，
矜矜兢兢，[16]	伶俐迅速往前奔，
不骞不崩。[17]	不散群来不单行。
麾之以肱，[18]	指挥羊群挥手臂，
毕来既升。[19]	羊儿全都上山顶。

(四)

牧人乃梦：[20]	牧人做了一个梦：
众维鱼矣，[21]	梦见蝗虫和群鱼，
旐维旟矣。[22]	梦见大旗旐和旟。
大人占之：[23]	太卜之官占此梦：
“众维鱼矣，	“梦见蝗虫和群鱼，
实维丰年；[24]	预兆来年岁丰裕；
旐维旟矣，	梦见大旗旐和旟，
室家溱溱。”[25]	预兆家族人繁庶。”

注释

[1]尔：你。指牛羊的占有者。

[2]三百：虚数，犹言数百。维：助词。是，为。

[3]九十：虚数，泛言数量多。犉(rún)：七尺以上的大牛。一说：黑唇的黄牛。以上言牛羊之多。

[4]思：助词。

[5]濈(jí)濈：聚集在一起的样子。又写作“戢戢”。

[6]湿湿：牛反刍时耳动的样子。

[7]或：代词。有的。下同。阿(ē)：山冈，丘陵。

[8]讹(é)：通“吪”。动，活动。

[9]牧：牧人。

[10]何(hè):同“荷”。负荷。此指披戴。

[11]糇(hóu):干粮。

[12]三十:虚数,泛言数量多。物:牛羊的毛色。

[13]牲:祭祀用的牛、羊等牲畜。具:具备,齐全。

[14]以:连词。薪:粗的草料。蒸:细的草料。此处都用作动词。指分别用或粗或细的草料喂养大小不同的牲畜。一说:薪,粗柴;蒸,细柴。指牧人放牧时兼打柴草。

[15]雌、雄:用作动词。指种畜雌、雄分群牧放,以便适时交配繁殖。范家相《诗渖》:“‘以薪以蒸’,别牧也。‘以雌以雄’,别群也。皆牧法也。”一说:雌、雄皆指禽兽,此指牧人放牧时兼猎禽兽。

[16]矜(jīn)矜兢(jīng)兢:高亨《诗经今注》:“矜矜,走路伶俐迅速的样子。兢兢,争着前进的样子。”

[17]骞(qiān):亏损。指零星走失。崩:溃散。指完全走散。

[18]麾(huī):指挥。肱(gōng):手臂。

[19]毕、既:二字同义。尽,完全。升:登。指羊群跟随牧人升于高处。承上文“降”而言。一说:指羊群回来入圈。

[20]乃:于是。

[21]众:通“螽”。蝗类昆虫。维:与。下同。

[22]旐(zhào):一种画有龟蛇的旗。旟(yú):一种画有鹰隼的旗。

[23]大(tài)人:周代占梦的官,太卜之属。占之:占卜梦的吉凶。

[24]实:此,这。维:助词。是,为。

[25]溱(zhēn)溱:盛多的样子。室家溱溱:家族人丁兴旺。

导读

《无羊》是一首歌咏贵族牛羊蕃盛的诗。四章,章八句。

首章写牧主牛羊的蕃盛。本章以两句设问及答语开头,点明牧主牛羊蕃盛之状:谁说你没有牛羊?你一群羊就有数百头,你的大牛满山坡都是。请看,你的羊牛下山来了,羊群挨挤,羊角攒动,牛群熙熙,牛耳扇动,呈现出牧场上牛羊成群的宏大场面。

第二章写放牧的情景。这是一个理想的牧场,有山坡,有水塘,有青草,确实是放牧的好地方。那漫山遍野的牛羊,有的正走下山坡,有的到池塘边饮水,有的在草地上卧躺,有的在来回走动。这时,牧人出现了,他们身披蓑衣,头戴斗笠,有的还背着干粮。他们放牧的牛羊各种各样，品种齐备，足以供祭祀之用。

第三章写牧人放牧的技巧高超。他们准备了粗细不同的草料喂养大小不同的牲畜，将性别不同的种畜分开饲养，以便适时交配繁殖。由于牧人的精细管理和调训，牛羊下山时，伶俐迅速向前奔走，既不走失，也不散群；牧人只要一挥手臂，它们都会顺从地聚拢在山顶。

末章写牧人入睡后的梦境及占卜者的详梦之词。牧罢入睡后，牧人做了一个梦，梦见了很多蝗虫和鱼，还梦见了画有龟蛇的旐及画有鹰隼的旟。占卜者详梦说这些都是吉兆：梦见蝗虫和群鱼，预兆年岁丰裕；梦见旐和旟，预兆家族人丁兴旺。

本诗四章皆为赋体。赋者，直言其事，直抒其情，它是《诗经》中常用的一种积极修辞手法。前三章，诗人通过朴实无华、明白晓畅的语言，巧妙生动地描写了牛羊蕃盛的情景、牛羊的情态、牧人的形象、放牧的场景，勾画出一幅极富动态感的放牧图，反映了西周时期畜牧业蕃盛的生活状况。诗中的写景状物，细致入微，惟妙惟肖，古今批评家多有推崇。吴闿生说："此诗之妙，尤在体物之工。写生之妙，俨如名手图画，在人目中，其精微曲到，为后世所不能及。"（《诗义会通》）姚际恒评论诗的二、三章曰："此两章是群牧图，或写物态，或写人情，深得人、物两忘之妙。"（《诗经通论》）方玉润亦云："其体物入微处，有画手所不能到。"（《诗经原始》）末章，诗境由现实生活转入奇特的梦幻，通过述梦与详梦，表达了古代人民对年丰民庶的美好生活的追求和憧憬。总之，《无羊》是历代公认的形神俱似的名篇。

三、战争徭役诗

《诗经》中有大量记叙周人抵御外族侵略或平定内乱的战争诗。有的战争诗从正面歌颂周天子与诸侯的武功，充满了自豪感，如《小雅·出车》《六月》《采芑》和《大雅·江汉》《常武》等；有的战争诗表现了同仇敌忾，共御外侮的爱国主义精神，如《秦风·小戎》《无衣》等；有的战争诗表现了人民对战争的厌倦和对和平的向往，如《邶风·击鼓》、《王风·君子于役》、《豳风·东山》和《小雅·采薇》《何草不黄》等。

《诗经》中还有一类与战争有关的徭役诗，如《召南·小星》、《邶风·式微》、《齐风·东方未明》、《魏风·陟岵》、《唐风·鸨羽》和《小雅·杕杜》《鸿雁》等，描写了繁重徭役给人民带来的苦难，以及征夫的怨恨和亲人之间的思念之情。

1. 出车（小雅）

原文	译文
（一）	
我出我车，[1]	出动我的战车，
于彼牧矣。[2]	到那郊野之地。
自天子所，[3]	天子京城下诏，
谓我来矣。[4]	命我来到这里。
召彼仆夫，[5]	召集御车士卒，
谓之载矣。[6]	命其装载军需。
王事多难，[7]	王事正多危难，

维其棘矣。[8]

军情十分紧急。

（二）

我出我车，
于彼郊矣。[9]
设此旐矣，[10]
建彼旄矣。[11]
彼旟旐斯，[12]
胡不旆旆？[13]
忧心悄悄，[14]
仆夫况瘁。[15]

出动我的战车，
到那城外之郊。
龟蛇大旗列置，
干旄树立高高。
鹰隼龟蛇旗帜，
怎不迎风飘飘？
我心忧虑不安，
士卒憔悴辛劳。

（三）

王命南仲，[16]
往城于方。[17]
出车彭彭，[18]
旂旐央央。[19]
天子命我，
城彼朔方。
赫赫南仲，[20]
玁狁于襄。[21]

周王命令南仲，
前往筑城于方。
战车浩浩荡荡，
旌旗一片辉煌。
周王给我下令，
北方筑建城防。
南仲威名赫赫，
将那玁狁扫荡。

（四）

昔我往矣，[22]
黍稷方华。[23]
今我来思，[24]
雨雪载涂。[25]
王事多难，

昔日我去从军，
黍稷花穗才吐。
今日来归故里，
大雪积满道途。
王事正多危难，

不遑启居。[26]　　没有闲暇安处。
岂不怀归？　　难道不想回家？
畏此简书。[27]　　怕这紧急军书。

（五）

喓喓草虫，[28]　　草虫喓喓鸣叫，
趯趯阜螽。[29]　　阜螽趯趯蹦跳。
未见君子，[30]　　没有见到君子，
忧心忡忡。[31]　　内心忧虑难消。
既见君子，　　终于见到君子，
我心则降。[32]　　我心才放下了。
赫赫南仲，　　南仲威名赫赫，
薄伐西戎。[33]　　又将西戎征讨。

（六）

春日迟迟，[34]　　春天白昼渐长，
卉木萋萋。[35]　　草木繁荣茂盛。
仓庚喈喈，[36]　　黄莺喈喈和鸣，
采蘩祁祁。[37]　　采摘白蒿人众。
执讯获丑，[38]　　俘获许多敌虏，
薄言还归。[39]　　胜利踏上归程。
赫赫南仲，　　南仲威名赫赫，
猃狁于夷。[40]　　将那猃狁平定。

注释

[1]出：出动。
[2]于：到，往。牧：郊外，放牧的地方。
[3]天子：指周王。所：处所。指周之京城。

[4]谓:使,命。

[5]仆夫:驾驭车马的人。此指御车的士卒。

[6]之:代词。指代仆夫。载:(用车)装载,装运。

[7]王事:王朝大事。此指征伐猃狁之事。难(nàn):危难,灾难。

[8]维:助词。棘:通“急”。危急,紧急。

[9]郊:城外,野外。

[10]设:设置,陈列。旐(zhào):一种画有龟蛇的旗。

[11]建:树立。旄(máo):杆头装饰着牦牛尾的旗。

[12]旟(yú):一种画有鹰隼的旗。斯:助词。

[13]胡:何,怎么。旆(pèi)旆:旗帜飘扬的样子。

[14]悄悄:忧愁的样子。

[15]况瘁:忧劳憔悴。

[16]王:指周宣王。南仲:周宣王时大臣,亦作“南中”、“张仲”、“张中”。

[17]城:此处用作动词。筑城。方:北方的一个地名。下文的“朔方”是泛指北方。

[18]彭(bāng)彭:众多的样子。朱熹《诗集传》:“彭彭,众盛貌。”

[19]旂(qí):一种绘有蛟龙图案,有铃的旗。央(yīng)央:鲜明的样子。

[20]赫赫:显赫盛大的样子。

[21]猃狁:我国古代西北方的少数民族。又作“猃狁”。春秋时称“北狄”,秦汉时称“匈奴”。于:助词。襄:通“攘”。攘除,除去。

[22]往:指从军。

[23]方:正值,正当。华:花。此处用作动词。抽穗,扬花。“黍稷方华”,代指夏初季节。

[24]来:归来。思:助词。

[25]雨(yù):此处用作动词。落,降。雨雪:下雪。载:满,积满。涂:通“途”。道路。“雨雪载涂”,代指岁末严冬。

[26]不:无,没有。遑:闲暇。启居:安居。

[27]简书:写在竹简上的文书。此指周王的策命。

[28]喓(yāo)喓:昆虫的叫声。草虫:蝗一类的昆虫。也叫蝈蝈。

[29]趯(tì)趯:跳跃的样子。阜螽(zhōng):蝗类。也叫蚱蜢。

[30]君子:妇人对丈夫的称呼。此指南仲等出征之人。

[31]忡忡：忧虑不安的样子。

[32]降(xiáng)：放下。指心情安定下来。

[33]薄：助词。西戎：我国古代北方的少数民族。

[34]迟迟：缓慢的样子。春日迟迟：指春天白昼长。

[35]卉(huì)：百草的通称。萋萋：茂盛的样子。

[36]仓庚：鸟名，即黄莺。喈(jiē)喈：鸟和鸣声。

[37]蘩(fán)：白蒿。祁祁：众多的样子。

[38]执：逮捕，捉。讯：俘虏，间谍。获：俘获。丑：丑类。对敌人的蔑称。

[39]薄言：助词连用。用以协调音节，无实义。

[40]于：助词。夷：平定，扫平。

导读

《出车》是一位出征将士获胜归来所作的诗。六章，章八句。

西周时期，以狎狁为首的戎狄部落，经常入侵西北边境，对宗周构成了严重威胁。周宣王为了攘除边患，曾数次举兵征讨。本诗描写了南仲受宣王之命，领兵出征狎狁和西戎获胜而归的始末。诗的作者可能是南仲手下的部将或幕僚，他跟随南仲一起出征，并作为部将还曾率军执行任务。

全诗结构新颖，诗中一再变换视角以进行叙事与抒情。诗中的“我”在不同的章节中，有不同的含义。一、二章的“我”，指的是南仲；三、四章的“我”，指的是作者自己；五章的“我”，指的是征人室家；六章是征人在归途中想象王师还归时，家乡妻子的所见所闻，并借妻子之口赞美南仲。

首章写军情紧急，备战繁忙。因狎狁入侵，国家遇到危难，军情十分紧急。南仲从天子那里受命，率兵出征。他出动兵车，到郊野集结，命令御车的士卒，装载好军需物资，作好出征的准备。

第二章写建旗树帜，军威壮盛。兵车集结完毕，军阵四方树立起各种旗帜，其上或画龟蛇，或画鹰隼，或画蛟龙，或饰旄尾。这些军旗迎风猎猎飘扬，展现了凛然不可侵犯的军威。此时，南仲深感责任重大而心生忧虑，士卒也因紧急备战而显得憔悴不堪。

第三章写出征北伐，誓除狎狁。天子命令南仲率兵前往方地筑城，一路兵车辚辚，战旗招展。来到北方边境，诗作者也奉天子之命，修筑好城防工事，严阵以待入侵之敌。威名显赫的南仲，将率师把狎狁驱除。

第四章写久戍不归，畏惧王命。征途中，将士们回忆当初离家时，黍稷正吐穗扬花，如今时令已交寒冬，道路积雪，步履艰难。因国家多灾多难，战事频仍，乃无暇安居休息。在外征战已久，哪会不想家呢？只是对天子的命令心存戒惧，不敢随便违反。

第五章写征战不息，讨伐西戎。春天到了，野外草虫振翅而鸣，阜虫应声而跳，彼此呼应。家乡的妻子感时物之变而生思念之情，未见到丈夫，她们终日忧虑不安，要待见面后才能放下心来。但击退猃狁后，南仲又率师讨伐西戎去了。

末章写平定猃狁，大军凯旋。在阳光明媚的春日，草木繁盛，禽鸟和鸣，田野里采蘩的女子，三五成群，熙熙攘攘。这时，大军押着俘获的敌虏，胜利归来了。这一切全都归功于威名显赫的南仲率师平定了犯边的猃狁。

《出车》是一首描写战争的诗歌，但诗中没有正面描写战争的场面和具体过程，而是通过对战前紧张的战备工作、部队的军威声势、征途中征夫的怀乡思亲之情、战后胜利归来的情景的描述，从侧面反映出战斗的激烈、胜利的来之不易，以及战争给人民带来的痛苦和伤害。这种详略得当的剪裁，是本诗在结构上的一个特点。本诗还有一个重要的特色，就是"套语"的运用。所谓套语，是指在许多作品中经常出现的用来表达某一特定意念的语句。套语初创时，就具有某种意义，某种情感，有一定的语境，他人引用是为了增强自己作品的表达效果。套语是《诗经》中普遍存在的现象，而《出车》是《诗经》中引用套语最多的诗之一。据美籍华裔学者王靖献的研究，《出车》中除了每章都出现的一句或两句的套语外，还有三个重要的套语群：其一是第四章的"昔我往矣，黍稷方华。今我来思，雨雪载途"；其二是第五章的"喓喓草虫，趯趯阜螽。未见君子，忧心忡忡。既见君子，我心则降"；其三则是第六章的"春日迟迟，卉木萋萋。仓庚喈喈，采蘩祁祁"。它们分别引用或节取自《小雅·采薇》、《召南·草虫》和《豳风·七月》。（参见王靖献著，谢谦译《钟与鼓——〈诗经〉的套语及其创作方式》）这些套语分别与《出车》中相关的上下文语境融合在一起，含义变得更加丰富，感情色彩更加浓厚，增强了作品的艺术感染力。程俊英谓这种套语的引用，"实开后世集句之风"（《诗经注析》）。

源自本诗的成语

"忧心悄悄"，见《邶风·柏舟》讲析。

"不遑启居"，见《小雅·采薇》讲析。

"忧心忡忡"，形容心事重重，十分忧虑。用例：他那忧心忡忡的情状，我此刻清楚地可以记得出来。（夏衍《哭杨潮》）

2. 常武（大雅）

原文　　译文

（一）

原文	译文
赫赫明明，[1]	显赫英明周宣王，
王命卿士，[2]	策命卿士去出征，
南仲大祖，[3]	太祖庙中命南仲，
大师皇父：[4]	太师皇父抚军众：
整我六师，[5]	整治我们的六军，
以修我戎。[6]	修好我们的甲兵。
既敬既戒，[7]	既警惕来又戒备，
惠此南国。[8]	加惠南国得安宁。

（二）

原文	译文
王谓尹氏，[9]	宣王下诏告尹氏，
命程伯休父：[10]	传谕休父依令行：
左右陈行，[11]	陈其队列分左右，
戒我师旅。[12]	训诫我们的军众。
率彼淮浦，[13]	沿着淮水岸进军，
省此徐土。[14]	巡视徐方的国境。
不留不处，[15]	不作停留不安处，
三事就绪。[16]	三卿就职便回程。

（三）

原文	译文
赫赫业业，[17]	声势赫赫军容壮，

有严天子。[18]	气象威严周宣王。
王舒保作，[19]	起兵从容又安稳，
匪绍匪游。[20]	不延缓来不游逛。
徐方绎骚，[21]	徐方闻风起骚乱，
震惊徐方。[22]	王师压境震徐方。
如雷如霆，[23]	来势迅猛如雷霆，
徐方震惊。	徐方震惊而恐慌。

（四）

王奋厥武，[24]	宣王奋扬其武威，
如震如怒。[25]	有如雷霆勃然怒。
进厥虎臣，[26]	先遣猛士作先锋，
阚如虓虎。[27]	阚然发怒如啸虎。
铺敦淮濆，[28]	陈兵布阵淮水岸，
仍执丑虏。[29]	连连抓获众敌虏。
截彼淮浦，[30]	平治淮水沿岸地，
王师之所。[31]	王师就地来屯驻。

（五）

王旅啴啴，[32]	王师众盛斗志昂，
如飞如翰，[33]	迅捷勇猛如飞鹳，
如江如汉。	势如江汉水浩荡。
如山之苞，[34]	如山之基不可撼，
如川之流。	如川之流难阻挡。
绵绵翼翼，[35]	军阵连绵军威壮，
不测不克，[36]	不可测知不可胜，
濯征徐国。[37]	大征徐国定南疆。

（六）

王犹允塞，[38]	宣王谋略诚切实，
徐方既来。[39]	徐方已经来归诚。
徐方既同，[40]	徐方臣服成一统，
天子之功。	宣王亲征有大功。
四方既平，	四方诸侯已平靖，
徐方来庭。[41]	徐方觐见来王庭。
徐方不回，[42]	徐方不敢再反叛，
王曰还归。[43]	王命班师回京城。

注释

[1]赫赫：显赫盛大的样子。明明：明察的样子。此句是描写周宣王。

[2]卿士：周代总管王朝政事的大臣。

[3]南仲：周宣王时大臣。大（tài）祖：此指太祖庙。周人以后稷为太祖。

[4]大（tài）师：即太师，职官名，主管军事。皇父：人名，周宣王的大臣。《孔疏》引王肃云："皇父以三公而抚军也，殊南仲于王命亲兵也。"以上三句是说宣王在太祖庙中任命将帅，以卿士南仲为大将，以皇父为太师而监抚军众。

[5]整：整顿，整治。六师：六军。周制，天子建六军，每军一万二千五百人。

[6]以：连词。修：修理。戎：武器。

[7]既：已经。敬：通"警"。警戒，警惕。戒：戒备。

[8]惠：施恩，加惠。南国：南方诸国。因徐国作乱，南国不安，征服了徐国，南方诸国方得安宁，所以说"惠此南国"。

[9]尹氏：周宣王的大臣，名未详。一说：即上章的皇父。

[10]程伯休父：封邑在程（今陕西咸阳东）的伯爵，名休父，周宣王时为大司马。

[11]陈行（háng）：列队。

[12]戒：告，告诫。师旅：军队。

[13]率：循，沿着。淮浦：淮水边。

[14]省（xǐng）：巡视，察视。此为征讨的委婉说法。徐：古代诸侯国名。周初徐戎所建，故城在今江苏泗洪南。

[15]留:停留。处:居住。

[16]三事:三件事。所指随文而异。此指三事大夫,三卿。一说:指农、工、商三事。就:从事。绪:事业,工作。就绪:就职,就业。

[17]业业:声势盛大的样子。

[18]有:助词。有严:犹“严严”。威严的样子。天子:指周宣王。

[19]舒:舒徐,徐缓。保:安闲,泰然。作:行,进行。保作:安稳地行进。此指起兵。

[20]匪:通“非”。不。绍:缓慢。游:游逛。

[21]徐方:徐国。绎(yì)骚:骚乱,扰动。

[22]震惊徐方:使徐国震惊。指以兵力威吓徐国。

[23]霆:迅雷,疾雷。

[24]奋:奋发,奋扬。厥:其。武:武威。

[25]震:震惊,震怒。

[26]进:进军,进攻。使动用法。使……进军、进攻。虎臣:比喻勇猛的将士。

[27]阚(hǎn)如:犹“阚然”。虎怒的样子。虓(xiāo):虎啸。

[28]铺:敷陈,陈兵。敦:通“屯”。驻扎。渍(fén):水边高地。

[29]仍:频繁,屡次。丑虏:对战俘的蔑称。执:捕捉,抓住。

[30]截:平治,平服。《毛传》:“截,治也。”陈奂《诗毛氏传疏》:“云截治者,言平治之也。”一说:断绝。指断绝敌人出入之路。

[31]所:处所。

[32]啴(tān)啴:众盛的样子。

[33]翰:鹯(zhān),鹞鹰一类的猛禽。

[34]苞:根本,根基。此句形容军队像山一样,根基深固,不可摇撼。

[35]绵绵:连绵不绝的样子。翼翼:壮盛的样子。绵绵翼翼:形容军队阵容浩大,连绵不绝。

[36]测:测度,预料。不测:形容王师神出鬼没,敌人不能测知。克:战胜,攻下。

[37]濯(zhuó):大。此句指对徐国大张挞伐。

[38]犹:谋划,谋略。允:真,确实。塞:踏实,切实。此句指宣王谋略合于实际,切实可行。

[39]来:归服。

[40]同:会同,统一。指归顺王朝。

[41]来庭:来王庭朝见。

[42]回：违抗，反叛。

[43]还归：班师还朝。

导读

《常武》是一首赞美周宣王率兵亲征徐国，平定叛乱，取得重大胜利的诗。六章，章八句。

周宣王时，淮北之夷徐国叛乱，宣王亲率大军前往征讨。大军沿淮水东进，经过激烈战斗，王师大败徐国。徐国归服后，四周各方国皆臣服于周。这首诗记叙了这次事件的全过程，突出了王师的神武气概和必胜信念，以及王朝君臣的远大抱负和雄心壮志。

首章写宣王命将整军，准备出征。开头一句"赫赫明明"，描绘出宣王中兴之气象。然后写出征前，宣王于太祖庙命卿士南仲为主将，又命太师皇父监抚军众，并命令他们整治好六军、修造好兵器，并高度警戒，作好准备去平定徐戎之乱，以施仁惠于南方之国。

第二章写任命副将，交代任务。宣王通过尹氏任命休父为副将，向他交代了作战计划：部署部众分左右列队，训诫我们的军队，沿着淮水的边岸进发，去征讨徐方。平乱之后，不要停留，不要安处，代徐国将三卿的职官安排就绪后即可回师。

第三章写宣王亲征，徐方震惊。一切准备就绪后，宣王率师亲征，声势赫赫，气象威严。王师进发，从容镇定，循序安行，既不延缓，也不游逛。重兵压境，徐方闻风而起骚乱。王师来势迅猛如雷霆，徐方震惊而恐惧。

第四章写王师进攻，敌人溃败。宣王奋发其威武，勃然震怒，遣猛士先行开道，势如猛虎怒吼，不可阻挡。接着就在淮水之岸摆开阵势，频频抓获众多敌虏，迅速整治平定淮水沿岸一带，将这里作为王师驻守之处。

第五章写王师威武，不可战胜。王师势盛，行进如鸷鸟迅猛，声势如江汉浩荡，稳固如山岳难撼，进军如川流不可阻挡，军阵绵绵军威壮盛，王师不可测度、不可战胜。宣王率威武之师，一举战胜徐方。

末章写徐国臣服，王师凯旋。宣王的谋略的确切合实际，军事行动顺利结束后，徐方便来归顺王朝，这完全是宣王亲征的功劳。四方既已平定，宣王下令班师回朝。

《常武》是《诗经》中一首重要的战争诗，对战争的描写很有特色。它没有正面描写交战的具体情景，而是着力于军威声势和气氛的渲染，通过双方气势的对比，从侧面反映了宣王亲征徐方取胜的必然性。出征前，宣王命将整军，明确了征战的任务、目标，制定了作战计划，王师气势“如雷如霆”，表现出宣王杰出的指挥才能和必胜的信念；而徐方闻讯后的表现却是“绎骚”、“震惊”，王师未战即已先声夺人。第五章对王师胜利进军时气势的描写，一连用了六个比喻，更是显示了王师的无比声威。朱熹《诗集传》对此作了进一步的阐释：“如飞如翰，疾也；如江如汉，众也；如山，不可动也；如川，不可御也；绵绵，不可绝也；翼翼，不可乱也；不测，不可知也；不克，不可胜也。”面对如此的威武之师，徐方的溃败是不言而喻的。这种战争诗的艺术表现手法，体现了中国古代崇德尚义的精神和温柔敦厚的审美意识。

3. 小戎(秦风)

原 文	译 文
（一）	
小戎俴收，[1]	轻小兵车车厢浅，
五楘梁辀。[2]	车辕缠绕五道箍。
游环胁驱，[3]	游环胁驱驭骖马，
阴靷鋈续。[4]	靷带铜环扣牢固。
文茵畅毂，[5]	虎皮坐垫长轮毂，
驾我骐异。[6]	驾我兵车有骐异。
言念君子，[7]	时刻思念我君子，
温其如玉。[8]	性情温和如美玉。
在其板屋，[9]	如今征战在西戎，
乱我心曲。[10]	忧思绵绵乱心绪。
（二）	
四牡孔阜，[11]	四匹雄马高又壮，
六辔在手。[12]	六条缰绳握手上。
骐骝是中，[13]	青马红马居中间，

騧骊是骖。[14]	黄马黑马在两旁。
龙盾之合，[15]	绘龙盾牌合挂起，
鋈以觼軜。[16]	白铜觼軜闪光芒。
言念君子，	时刻思念我君子，
温其在邑。[17]	性情温和驻他乡。
方何为期？[18]	何年何月是归期？
胡然我念之！[19]	为何这样把他想！

（三）

俴驷孔群，[20]	四马协调披轻甲，
厹矛鋈錞。[21]	厹矛柄端套白铜。
蒙伐有苑，[22]	杂绘盾牌花纹美，
虎韔镂膺。[23]	虎皮弓袋有镂膺。
交韔二弓，[24]	两弓交叉装弓袋，
竹闭绲縢。[25]	竹制弓檠缠紧绳。
言念君子，	时刻思念我君子，
载寝载兴。[26]	起卧不安神难定。
厌厌良人，[27]	安静详和我君子，
秩秩德音。[28]	聪明多智传美名。

注释

[1]小戎：古代一种轻小的兵车，士兵所乘。俴（jiàn）：浅。收：古代兵车车箱底部四周的横木。也叫轸（zhěn）。此处用来代指车厢。闻一多《风诗类钞》："收即舆，今曰车箱。"

[2]楘（mù）：车辕上的箍，用皮革或铜做成，既是装饰，又可使辕更坚固。梁辀（zhōu）：车辕。其形状略带弯曲，像房屋的梁，又像船，故称梁辀。辀上有五个箍，故称五楘。

[3]游环：活动的环，用皮革制成，滑动在四驾马车的当中两匹服马的背上，中穿旁边两匹骖马的缰绳，其作用是防止骖马外逸。胁驱：两旁骖马的缰绳，通过游环联

在靷上,当服马胁部,故称胁驱。游环和胁驱都是驾驭车马的用具。

[4]阴:车轼前的挡板。靷(yǐn):马拉车前行的皮带。一端系在马颈的皮套上,一端系在车轴上,马行则牵引车走(周代的车是轮转而轴不转)。鋈(wù):白铜。续:连靷的环。

[5]文茵:有花纹的虎皮坐垫。畅:长。毂(gǔ):车轮中心的圆木,周围与车辐的一端相接,中有圆孔,可以插轴。今称毂为轴承。长毂的作用是加大轮与轴的接触面,行车时可更加稳定。畅毂常用来借指车轮或车。

[6]骐(qí):有青黑色纹理的马。馵(zhù):左后脚白色的马。一说:自膝以上是白色的马。

[7]言:助词。念:思念。君子:妇人对丈夫的称呼。此指从军的丈夫。

[8]温:性情温和。其:助词。温其:犹"温然"。玉:《说文》:"玉,石之美。有五德:润泽以温,仁之方也;……"此句是说丈夫性情温和如玉。

[9]其:代词。那。板屋:用木板建造的房屋。此处代指西戎。西戎在今甘肃陇西一带,当时这一带多林,民俗用木板盖房屋。

[10]心曲:内心深处。

[11]牡:公马。孔:很,非常。阜:大,肥大。

[12]辔(pèi):驾驭牲口用的缰绳。六辔:古代一车四马,马各二辔,其两边骖马之内辔系于轼前,谓之轫,御者只执六辔。

[13]骝(liú):亦作"骝"。赤身黑鬃的马。中:指驾车四马居中的两匹马,即服马。

[14]䯄(guā):黄身黑嘴的马。骊:黑马。骖:车辕外侧的两匹马。

[15]龙盾:画有龙的盾牌。合:指两只盾合挂在一起。

[16]觼(jué):有舌的环。轫(nà):骖马内侧的缰绳。觼装在轼前,用来系轫,故称觼轫。

[17]邑:指西戎的县邑。

[18]方:将。何:疑问代词。何时,哪一天。期:指归期。

[19]胡然:为什么这样?表示疑问或反诘。

[20]俴驷:驾一辆兵车的四匹披薄甲的马。一说:四匹不披甲的马。王先谦《诗三家义集疏》:"马不著甲,以示其骁勇。"群:协调。

[21]厹(qiú)矛:矛头有三棱锋刃的长矛。錞(duì):矛柄下端的平底金属套。

[22]蒙:杂色。伐:通"瞂"。盾。蒙伐:刻有杂色花纹的盾。有:助词。有苑:犹

“苑苑”。有文采的样子。形容花纹美丽。

[23]韔(chàng):弓袋。虎韔:虎皮制的弓袋。膺:胸。此指弓袋的正面。镂(lòu):雕刻。镂膺:弓袋正面雕有花纹。

[24]交:交叉。韔:此处用作动词。把弓装在弓袋中。交韔二弓:两张弓,一个弓背向左,一个弓背向右,交叉放置在弓袋中。

[25]闭:通“柲”。弓檠(qíng)。矫正弓弩的器具,形与弓同,以竹制成。弓卸弦后套在弓里,使弓不至于因松弛而变形。绲(gǔn):绳。縢(téng):缠束,捆扎。

[26]载:助词。寝:睡觉,躺着休息。兴:起来,起身。

[27]厌(yān)厌:安静详和的样子。良人:指女子的丈夫,即前面所说的“君子”。

[28]秩秩:聪明多智的样子。一说:有次序的样子。指进退有礼节。德音:好声誉。

导读

《小戎》是一位妇人思念远征西戎的丈夫的诗。三章,章十句。

东周初年,西戎对秦国侵扰不断,于是秦襄公奉周天子之命,率兵讨伐,连年征战,从而领有西周王都周围几百里土地,奠定了秦国强大的基础。《小戎》似是在这一背景下产生的,程俊英《诗经注析》谓此诗“大约产生于秦襄公七年至十二年(公元前七七一至前七六六年)这段时间内”。

全诗共三章,每章内容都分两个部分,前实后虚。前六句是赞美秦师军容之盛,重在客观事物的描述。首章主要写战车的气派:车辕用五根皮条紧紧缠绕,车上马具齐备,其中的环套用白铜制成。战车坐垫是虎皮所制,长毂的战车由骐馵驾驭。第二章主要写战马的威武:驾车的驷马高大肥壮,由六根缰绳驾驭。中间的服马和两旁的骖马,毛色五彩斑斓。车上备有两张绘有龙纹的盾,轼前系缰绳的铜环闪闪发光。末章主要写兵器的精良:三刃矛柄装有白铜套,盾牌上绘有五色杂纹,虎皮弓袋正面雕有花纹,袋内装有两张弓,另有用绳扎紧的竹制弓架。每章后四句是抒写妇人思夫之情,重在个人情感的抒发。首章写妇人想到温和如玉的丈夫,此时正驻守西戎,出生入死,不禁牵肠挂肚,心烦意乱。第二章写战事未决,丈夫久驻他乡,不知何年何月才能回家,妇人更加想念他。末章写妇人对丈夫思念不已,起卧不安。但她想到丈夫性格安静祥和,聪明多智,声誉美好,便心生一种自豪感,不安中得到一丝慰藉。

《小戎》是一首章法整齐的非叠咏体诗,三章前六句是妇人回忆秦师出征那天自己送别时所见到的场景。战车的气派、战马的威武、兵器的精良,展现了秦师军容的盛壮和战之能胜的英雄气概。三章后四句是写队伍出发后妇人对丈夫军旅生活的想象和对他的思念。“言念君子”,在诗中三见,反映了妇人对爱情的执着专一和对丈夫的思念之深。和《诗经》中的某些思念征人的诗所描述的情形不同的是,妇人的思念中没有自怜和哀怨。想到英勇高贵的丈夫,正随着强大的军队,征战沙场,她感到自豪和荣耀。她深知大敌当前,夫妻间的私情应当让位于国家大事。有如此强盛的军队和人民的理解与支持,秦国取得战争的最后胜利是必然的。

4. 无衣(秦风)

原文	译文
(一)	
岂曰无衣?	怎说没有衣服穿?
与子同袍。[1]	与你同披此战袍。
王于兴师,[2]	君王起兵去征战,
修我戈矛,[3]	修整咱的戈和矛,
与子同仇。[4]	与你共同把敌讨。
(二)	
岂曰无衣?	怎说没有衣服穿?
与子同泽。[5]	与你同穿此内衣。
王于兴师,	君王起兵去征战,
修我矛戟,[6]	修整咱的矛与戟,
与子偕作。[7]	与你行动在一起。
(三)	
岂曰无衣?	怎说没有衣服穿?

与子同裳。[8]	与你同穿此战裙。
王于兴师，	君王起兵去征战，
修我甲兵，[9]	修整咱的甲和兵，
与子偕行。[10]	与你一起上战阵。

注释

[1]袍：长衣。行军者白天当衣穿，夜里当被盖，相当于现代的披风或斗篷。同袍，与下文“同泽”、“同裳”均表示友爱互助的意思。

[2]王：秦国人称秦君为王。一说：指周王，秦国出兵以周天子之命为号召。于：助词。兴师：起兵。

[3]修：整治，修理。戈、矛：古代长柄的兵器。

[4]仇：仇敌。同仇：共同对敌。

[5]泽：通“襗”。贴身内衣。

[6]戟(jǐ)：古代长柄的兵器。

[7]作：起，起来。偕作：一起行动。

[8]裳：下衣，裙。此指战裙。

[9]甲：铠甲。兵：兵器。

[10]行：前往。偕行：一起出征。

导读

《无衣》是一首秦国的爱国主义战歌。三章，章五句。

王先谦《诗三家义集疏》：“秦自襄公以来，受平王之命以伐戎。”“西戎弑幽王，于是周室诸侯为不共戴天之雠，秦民敌王所忾，故曰同雠也。”《无衣》当是秦地人民与周平王同仇敌忾，抗击西戎入侵时所产生的歌谣。

全诗三章叠咏，每章句数、字数相等，结构相同，只改动了少数文字。全诗以第一人称的口吻，直抒胸臆。每章皆以自问自答的设问句开头，以引起人们注意，使自己所要表达的意图更加突出。“岂曰无衣？与子同袍”、“与子同泽”、“与子同裳”，并非真的一件衣裳要合着轮番穿用，而是为了突出战友之间的同甘共苦，友爱互助。每章的三、四句，写他们一听到君王要起兵征战，便急忙修整兵器，随时做好从军迎战的准备。每章末句“与子同仇”、“与子偕作”、“与子偕行”，从共同仇恨敌人，到一起行动，再到同赴战场,层层递进,表现出一种同仇敌忾、保家卫国的英雄气概和必胜的信念。

《无衣》是《诗经》中一篇重要的战争诗,但和其它战争诗不同的是,它没有正面歌颂战争、颂扬天子的武功,也没有写由征人的悲苦、家人的哀怨所反映出来的厌战思想,而是表现了一种团结互助,英勇抵抗外来侵略的爱国主义精神。这首诗慷慨激昂,气势豪迈,反映了《秦风》的典型风格。陈继揆《读诗臆补》谓此诗"开口便有吞吐六国之气,其笔锋凌厉,亦正如岳将军直捣黄龙"。吴闿生《诗义会通》引"旧评"曰:"英壮迈往,非唐人出塞诸诗所能及。"

此诗章法整齐,语言简洁,节奏感强,音调铿锵有力,确是一首能激扬斗志,鼓舞士气的战歌。

源自本诗的成语

"同袍同泽",原指士兵不分彼此、同甘共苦、友爱互助,后用以形容军人或朋友之间的友谊深厚。用例:叶剑英和叶挺是出生在广东同袍同泽的战友。他们在青年时期就在孙中山的旗帜下,为了一个革命目标战斗在一起,共同参加东征、北伐战役。

"袍泽之谊",指军队中同事之间深厚的交情、友谊。用例:他是洪承畴统率下援救锦州的八总兵之一,与吴三桂有袍泽之谊。(姚雪垠《李自成》第五卷第七章)

"同仇敌忾",指怀着共同的仇恨和愤怒,一致对付敌人。此成语源自《无衣》与《左传·文公四年》。《文公四年》有云:"诸侯敌王所忾,而献其功。"也写作"同仇敌慨"。用例:则宜法德意志,使欲造成君国一体,同仇敌忾之国民也。(梁启超《论教育当定宗旨》)/读者大众的对于某一作者,是未必和"批评"或"批判"者同仇敌慨的。(鲁迅《且介亭杂文二集·五论文人相轻——明术》)

5. 君子于役(王风)

原文　　　　译文

(一)

原文	译文
君子于役,[1]	丈夫服役去远方,
不知其期,[2]	不知确定的役期,

曷至哉？[3] 何时才能回故里？
鸡栖于埘，[4] 鸡儿栖息在鸡窝，
日之夕矣，[5] 已是黄昏日落时，
羊牛下来。[6] 羊牛下山回圈里。
君子于役， 丈夫服役去远方，
如之何勿思！[7] 怎么能够不念记！

（二）

君子于役， 丈夫服役去远方，
不日不月，[8] 没日没月无定期，
曷其有佸？[9] 何时才能又相聚？
鸡栖于桀，[10] 鸡儿栖息在木桩，
日之夕矣， 已是黄昏日落时，
羊牛下括。[11] 牛羊下山回圈里。
君子于役， 丈夫服役去远方，
苟无饥渴。[12] 但愿没有挨渴饥。

注释

[1]君子：女子对其夫的称谓。于：助词。于役：在外服劳役或兵役。
[2]期：期限，定期。
[3]曷：何，何时。至：到家，归来。
[4]栖(qī)：鸟类停留、歇宿。埘(shí)：凿墙做成的鸡窝。
[5]夕：傍晚，日落的时候。
[6]羊牛下来：黄昏时，羊牛从放牧的山坡上走下来归圈。
[7]如之何：怎么，为什么。
[8]不日不月：不能按日月计算。指没有确定的日期。
[9]有(yòu)：又。佸(huó)：相会，聚会。指与丈夫团聚。
[10]桀(jié)：鸡栖息的木桩。
[11]括(kuò)：至，来。“下括”犹“下来”。

[12]苟：尚，或许。带有疑问口气的希望之词。

导读

《君子于役》是一首妇人思念长期服役在外的丈夫的诗。二章，章八句。

全诗两章，重章叠咏，内容变化很少，思想感情是一致的。每章前三句是写役期之长久不定。丈夫在外服役，不知役期有多长，归期不能按日月来计算，不知何时才能回家团聚。每章中间三句是写黄昏之景。黄昏时分，夕阳西下，家鸡纷纷归窝，牛羊也下山入圈，好一幅绚丽多彩的乡村晚景画面。每章最后两句是写妇人对丈夫的挂念。面对黄昏的景色，看到这些鸡和牛、羊尚能每日按时归窝入圈，妇人联想到自己丈夫在外服役，却久久不能回家，连禽兽都不如，这叫她如何不想他？但面对残酷的现实，妇人万般无奈，只能在心中祝愿他在外不要忍饥受渴。

本诗通篇为赋体，采用白描的手法，用不加修饰的朴素语言，来刻画和表现人物的心理活动。这首诗最受人称道的是情景交融的特点。诗人将“鸡栖”、“日夕”、“羊牛下来”的黄昏景色，与妇人对外出服役的丈夫的思念之情融为一体，写景言情，真实感人。方玉润评论此诗说：“傍晚怀人，真情真境，描写如画。晋、唐人田家诸诗，恐无此真实自然。”（《诗经原始》）姚际恒亦云：“句法错落。日落怀人，真情实境。”（《诗经通论》）

《君子于役》的作者用对黄昏景色的描绘，来烘托思妇怀人的伤感，有其独特的艺术魅力。这种“黄昏意象”对我国诗歌的发展产生了深远影响，自此以后，中国文人士大夫常借黄昏意象表达他们失意、怀人或思乡的哀怨、伤感、凄婉之情。如晏殊《浣溪沙》：“一曲新词酒一杯，去年天气旧亭台。夕阳西下几时回？”龚自珍《己亥杂诗》：“浩荡离愁白日斜，吟鞭东指即天涯。”温庭筠《梦江南》：“斜晖脉脉水悠悠，肠断白蘋洲。”李清照《一剪梅·红藕香残玉簟秋》：“云中谁寄锦书来？雁字回时，月满西楼。”孟浩然《宿建德江》：“移舟泊烟渚，日暮客愁新。”崔颢《黄鹤楼》：“日暮乡关何处是？烟波江上使人愁。”马致远《天净沙·秋思》：“夕阳西下，断肠人在天涯。”但事物都具有两面性，在诗人眼里，黄昏也同样可以表达愉悦温馨和闲适恬淡的心境。如王维《使至塞上》：“大漠孤烟直，长河落日圆。”白居易《暮江吟》：“一道残阳铺水中，半江瑟瑟半江红。”陶渊明《饮酒》：“山气日夕佳，飞鸟相与还。此中有真意，欲辨已忘言。”苏轼《浣溪沙》：“老幼扶携收麦社，乌鸢翔舞赛神村。道逢醉叟卧黄昏。”

6. 东山(豳风)

原文	译文
（一）	
我徂东山,[1]	昔我从军去东山,
慆慆不归。[2]	久久不能把家还。
我来自东,	今日我自东方来,
零雨其濛。[3]	濛濛细雨相随伴。
我东曰归,[4]	我从东方动身归,
我心西悲。[5]	心已西向而悲伤。
制彼裳衣,[6]	平民便服缝制好,
勿士行枚。[7]	不再行军上战场。
蜎蜎者蠋,[8]	野生蚕儿蠕蠕动,
烝在桑野。[9]	田野桑林把身藏。
敦彼独宿,[10]	孤单一人身蜷缩,
亦在车下。[11]	夜宿车下地当床。
（二）	
我徂东山,	昔我从军去东山,
慆慆不归。	久久不能把家还。
我来自东,	今日我自东方来,
零雨其濛。	濛濛细雨相随伴。
果蠃之实,[12]	瓜蒌藤上结果实,
亦施于宇。[13]	藤儿蔓延屋檐上。

伊威在室，[14]	室内潮虫满地爬，
蟏蛸在户。[15]	蜘蛛门后来结网。
町畽鹿场，[16]	舍旁空地成鹿场，
熠耀宵行。[17]	夜间磷火闪闪亮。
不可畏也，[18]	园地荒芜不可怕，
伊可怀也。[19]	自己家乡可念想。

（三）

我徂东山，	昔我从军去东山，
慆慆不归。	久久不能把家还。
我来自东，	今日我自东方来，
零雨其濛。	濛濛细雨相随伴。
鹳鸣于垤，[20]	鹳雀土堆上鸣叫，
妇叹于室。[21]	妻子长叹守空房。
洒扫穹窒，[22]	打扫房舍塞鼠洞，
我征聿至。[23]	丈夫就要回家乡。
有敦瓜苦，[24]	瓠瓜结实圆又圆，
烝在栗薪。[25]	蔓延在那柴堆上。
自我不见，[26]	自我不见丈夫面，
于今三年。	至今三年时日长。

（四）

我徂东山，	昔我从军去东山，
慆慆不归。	久久不能把家还。
我来自东，	今日我自东方来，
零雨其濛。	濛濛细雨相随伴。
仓庚于飞，[27]	黄莺飞来飞去忙，
熠耀其羽。	毛羽鲜艳又油亮。

之子于归，[28]	妻子当年婚嫁日，
皇驳其马。[29]	赤马黄马迎新娘。
亲结其缡，[30]	娘给女儿结配巾，
九十其仪。[31]	婚礼仪式很周详。
其新孔嘉，[32]	新婚之时多美满，
其旧如之何？[33]	久别重逢会怎样？

注释

[1]徂(cú)：往，到。东山：诗中军士远戍之地。据考为鲁国的蒙山，在今山东省费县境内。

[2]慆(tāo)慆：久久，长久。

[3]零雨：细雨，小雨。其：助词。其濛：犹"濛濛"。细雨的样子。

[4]曰：助词。

[5]悲：悲伤，忧伤。西悲：想起西方的家乡而忧伤。

[6]裳衣：下裳和上衣。此处泛指与军服不同的普通服装。

[7]士：通"事"。从事。行：通"衔"。含在口中。枚：像筷子形的小棍。古人行军时，用一根筷子似的东西横衔在嘴里以防止出声。此处代指军伍征战之事。一说：通"横"。指横含于口。行枚：即"横枚"。

[8]蜎(yuān)蜎：虫类屈曲蠕动的样子。蠋(zhú)：蛾蝶类幼虫。此指桑树间野生的蚕。

[9]烝(zhēng)：助词。一说：久，长久。桑野：植桑的田野。

[10]敦(duī)：蜷缩成一团的样子。

[11]车下：役车之下。

[12]果臝(luǒ)：瓜蒌。一种蔓生植物，也名栝(guā)楼。

[13]施(yì)：蔓延。宇：屋檐。

[14]伊威：亦作"蛜蝛"。虫名，今名潮虫或土鳖虫。多生长在阴暗潮湿的地方。

[15]蟏蛸(xiāo shāo)：虫名，一种长腿蜘蛛。也名喜蛛。以上两句写室内经常无人打扫的景象。

[16]町畽(tǐng tuǎn)：田舍旁的空地。鹿场：野鹿出没的场所。此句是说田舍旁的空地，成了野鹿出没的场所了。说明这一带久已荒无人烟。

[17]熠燿(yì yào):闪闪发光的样子。宵行(háng):磷火。一说:萤火虫。以上两句写宅外荒凉景象。

[18]可:值得。下“可”同。

[19]伊:是,这。指家园,家乡。怀:怀念,想念。

[20]鹳(guàn):一种形似鹤的水鸟。也名鹳雀。垤(dié):小土堆。

[21]妇:指征人的妻子。从这句至章末“于今三年”,都是诗人想象妻子在家盼望夫君归家的情景。

[22]洒扫:打扫房间。穹(qióng):空隙,空穴。此指鼠洞。窒(zhì):堵塞。穹窒:堵塞鼠洞。

[23]我:征人之妻自称。征:征人。聿:助词。

[24]有:助词。有敦(tuán):犹“敦敦”。形容瓜瓠(hù)圆实的样子。瓜苦:苦瓜,苦味的瓜。一说:瓠瓜。

[25]栗:堆积。薪:薪柴。

[26]我:与“我征聿至”之“我”同。不见:指不见丈夫。

[27]仓庚:鸟名,即黄莺。于:助词。

[28]之子:此子。指征人的妻子。于:助词。于归:出嫁。

[29]皇:毛色黄白。驳:毛色赤白相杂。

[30]亲:指妻子的母亲。缡(lí):古代女子的配巾。古俗嫁女时母亲亲自将其系在女儿身上,称为结缡。

[31]九十:虚数,泛言数量多。仪:仪式。这句是说女子出嫁礼节繁多。

[32]其:代词。她的。下同。新:指新婚时。孔:甚,很。嘉:好,美。

[33]旧:指久别后。以上二句是说女子新嫁来的时候一切都很美满,隔了三年不晓得怎么样了。

导读

《东山》是一首描写久从征役的士兵还乡途中思家的诗。四章,章十二句。

《毛诗序》说:“《东山》,周公东征也。周公东征,三年而归,劳归士。大夫美之,故作是诗也。”但说此诗是“劳归士”、“大夫美之”并无根据。马瑞辰《毛诗传笺通释》考证,这位士兵参加的是周公东征伐奄的战事。

全诗四章,每章首四句文字全同,写这个士兵远征东山,久久不归;如今战事结束,从东方归来,正碰上细雨蒙蒙的天气。这四句反复咏唱,为诗人感情的起伏,思绪的游移，设置了特定的氛围。每章后八句全是回忆想象之词。

首章是直叙归途中事。战事结束，士兵从东方战地动身回乡时，心却西向思家而悲伤。但愿能脱下戎衣，换上便服，不再征战。那条条蠕动的野蚕，只能藏身于野外的桑林；而归途中的士兵，也只得蜷缩着身子，独自夜宿于车下。

第二章是想象家乡田园荒芜的景象。因在外征战多年，不能理家，地里的瓜蒌可能已蔓延到屋檐上来了；房舍久未清扫，室内潮虫爬满地，户牖结满蛛网；屋旁空地早已成为野鹿活动的场所；夜间磷火四处忽闪。但阴森荒凉的景象并不可怕，因为那是自己的故乡，值得怀念。

第三章是想象妻子对自己的想念。家门前的土堆上，鹳雀在鸣叫，妻子在家因想念自己而叹息。她正在打扫房屋，堵塞鼠洞，准备迎接我的归来。圆圆的瓠瓜，已经蔓延到柴堆上了，妻子想起和我已有三年没见面。

末章是追忆新婚时的幸福情景。那是一个喜庆的日子，黄莺四处飞舞，毛羽鲜艳油亮。妻子出嫁时，有多种毛色的马匹来迎亲。她的母亲亲自为她结上配巾，婚礼仪式很周详。当时一切都很美满，不知久别重逢会怎样？

《东山》是《诗经》中一首著名的抒情诗，描写了征人解甲回乡途中的艰辛，及其对家乡情况的想象和对昔日新婚时幸福的回忆，揭露了连年征战给人民带来的灾难和心灵伤痛，反映了周人对战争的厌恶和对和平的渴望。

此诗不但有很强的思想性，也有很高的艺术性。全诗结构紧凑，语言朴实；联想丰富，人物心理活动的描写形象具体；诗中有画，寓情于景，情景交融，对后世的诗歌创作有积极的影响。对此，程俊英有一段很好的评论："这首诗绘画如景，抒情如见，悲喜怅惧，浮想联翩，错综歌唱得天衣无缝，实在是三百篇中的佳构。后世许多名句，如'近乡情更怯，不敢问来人'，'遥怜小儿女，未解忆长安'，'夜阑更秉烛，相对如梦寐'，'晓镜但愁云鬓改，夜吟应觉月光寒'，都可以从《东山》中找到影子。王渔洋推崇它'写闺阁之致，远归之情，遂为六朝唐人之祖'（《渔洋诗话》），诚非虚语。"（《诗经注析》）

源自本诗的成语

"晨风零雨"，此成语源自《东山》与《秦风·晨风》。晨风，鸟名。《晨风》一诗，写女子怀念丈夫；《东山》一诗，写征夫思乡之情。后以"晨风零雨"比喻关系亲密的人离散后，分隔两地。用例：天涯兄弟，晨夕过从，谊同手足，一旦晨风零雨，天各一方，人孰无情，能不蕴结？（清·王士禛《将出都与(汪)苕文》）

“之子于归”，见《周南·汉广》讲析。

7. 采薇（小雅）

原文	译文
（一）	
采薇采薇，[1]	采薇菜啊采薇菜，
薇亦作止。[2]	菜芽已经破土出。
曰归曰归，[3]	盼回家啊盼回家，
岁亦莫止。[4]	一年时光将过去。
靡室靡家，[5]	既没家来又没室，
猃狁之故。[6]	猃狁入侵的缘故。
不遑启居，[7]	没有闲暇来休息，
猃狁之故。	猃狁入侵的缘故。
（二）	
采薇采薇，	采薇菜啊采薇菜，
薇亦柔止。[8]	薇菜长得多柔嫩。
曰归曰归，	盼回家啊盼回家，
心亦忧止。	我的心中多忧闷。
忧心烈烈，[9]	心中忧闷如火焚，
载饥载渴。[10]	又饥又渴真难忍。
我戍未定，[11]	我们驻防无定处，
靡使归聘。[12]	没人回家去探问。
（三）	

采薇采薇，	采薇菜啊采薇菜，
薇亦刚止。[13]	薇菜茎叶已变老。
曰归曰归，	盼回家啊盼回家，
岁亦阳止。[14]	转眼阳月又来到。
王事靡盬，[15]	王命差事无休止，
不遑启处。[16]	没有闲暇休息好。
忧心孔疚，[17]	忧愁满腹多痛苦，
我行不来。[18]	远行有家回不了。

(四)

彼尔维何？[19]	那繁盛的是什么？
维常之华。[20]	是那常棣开的花。
彼路斯何？[21]	那高大的是什么？
君子之车。[22]	是那主帅的车马。
戎车既驾，[23]	战车都已驾起来，
四牡业业。[24]	四匹雄马高又大。
岂敢定居？[25]	岂敢安逸而定居？
一月三捷。[26]	一月多次把敌杀。

(五)

驾彼四牡，	驾着四匹大雄马，
四牡骙骙。[27]	四马壮盛多神气。
君子所依，[28]	主帅指挥车上坐，
小人所腓。[29]	士卒车后来隐蔽。
四牡翼翼，[30]	四匹雄马步伐齐，
象弭鱼服。[31]	鱼皮箭袋象牙弭。
岂不日戒？[32]	怎能一日不警戒？
猃狁孔棘。[33]	猃狁侵扰军情急。

（六）

昔我往矣，[34]	昔日离家去从军，
杨柳依依。[35]	杨柳依依枝叶嫩。
今我来思，[36]	今日解甲归故里，
雨雪霏霏。[37]	漫天大雪落纷纷。
行道迟迟，[38]	归路迢迢慢慢走，
载渴载饥。	又饥又渴茹苦辛。
我心伤悲，	我心伤感我心悲，
莫知我哀。	无人知我哀痛深。

注释

[1]薇：一种野菜，茎叶似豆，冬发芽，春长大，嫩苗可食。又名野豌豆。

[2]作：生出。止：助词。下同。

[3]曰：助词。归：回家，回故乡。

[4]莫：同"暮"。晚。这句是说快到年底了。

[5]靡：无，没有。靡室靡家：无室无家。指征人终年远戍在外，和妻子远离，有家等于无家。

[6]猃狁（xiǎn yǔn）：我国古代西北方的少数民族。又作"猃狁"。春秋时称"北狄"，秦汉时称"匈奴"。故：原因。以上两句是说远离家室是为了和猃狁打仗。

[7]不：无，没有。遑：闲暇。启居：跪和坐。跪、坐均为古人家居生活行为，泛指安居。古人跪和坐都是两膝着席。坐时把臀部贴在足跟上，跪时则将腰部伸直。此句是说没有闲暇安居休息。

[8]柔：柔嫩。指初生之薇，十分柔嫩。

[9]烈烈：忧愁很深的样子。

[10]载：助词。

[11]戍：驻守。定：定处。这句是说驻防未有定处。

[12]使：使者。聘：问候，探问。此句是说没有使者回去代我问候家人。

[13]刚：坚硬。指薇菜茎叶由柔嫩变得老了。

[14]阳：指夏历十月。《郑笺》："十月为阳。"现代尚称夏历十月为"小阳春"，气

候较暖。

[15]王事:王命差遣的公事。泛指官差徭役。靡:无,没有。盬(gǔ):休止,止息。

[16]启处:犹“启居”。

[17]孔:甚,很。疚:痛苦。

[18]行:远行,在外服役。来:回来,归来。不来:不归。一说:通“徕”。慰劳。不来:无人慰劳。

[19]彼:那些。尔:通“苶”。花开繁盛的样子。维:助词。是,为。

[20]常:“常棣”的简称。也叫棠棣、唐棣。华:花。

[21]路:车高大的样子。一说:车名。斯:助词。犹“维”。

[22]君子:此指主帅。下同。车:即下文的“戎车”。

[23]戎车:兵车,战车。驾:驾驭。指驾驭车马,进行战斗或行军。

[24]四牡:驾戎车的四匹雄马。业业:高大健壮的样子。

[25]定居:安居。义同“启处”。

[26]三捷:多次胜利。一说:捷,通“接”。三捷,是指多次接战。一说:抄行小路为“捷”。三捷,是指屡次调防,不能定居。

[27]骙(kuí)骙:强壮威武的样子。

[28]依:乘。

[29]小人:此指士卒。腓(féi):隐蔽。指士卒借戎车以隐蔽身体。

[30]翼翼:行止整齐的样子。

[31]弭(mǐ):弓两端受弦的地方。象弭:用象牙制成的弭。服:通“箙”。古代盛箭的器具。鱼服:用鱼皮制成的箭袋。

[32]戒:戒备,警戒。日戒:每日戒备。

[33]棘:紧急。

[34]往:指从军。

[35]依依:杨柳柔弱随风不定之貌。

[36]来:归来。思:助词

[37]雨(yù):此处用作动词。落,降。雨雪:下雪。霏霏:雪花纷飞的样子。

[38]行道:道路。迟迟:走路缓慢的样子。一说:形容道路长远。

导读

《采薇》是一首戍边士兵在返乡途中所唱的歌。六章,章八句。

此诗和《出车》的时代背景相同,与《出车》为同时同事,只是写作的角度不同。

全诗六章可分三个部分。前三章为第一部分,追忆离家远戍的缘由及思归之情。三章前四句叠咏,各章或易字,或易句,但意思上有联系,要综合起来理解。每章前两句是兴,写诗人见薇"作止"、"柔止"、"刚止",引起了他对往事的回忆。早春时节,薇菜刚破土发芽;晚春时节,薇菜还很柔嫩;夏秋之时,薇菜已经枯老。岁月也随着薇菜的生长而流逝,"岁亦暮止"、"岁亦阳止",很快一年就将过完了,在外的征人时刻盼望早日回家,心里忧愁不已。三章的后四句述说了军中的艰苦生活:士兵们无室无家,征战不息,无暇休息,是猃狁入侵的缘故。他们不仅忧心如焚,而且又饥又渴。因为驻防无定处,没法和家里人通音信。王事没完没了,不可能有时间休息。他们远行在外回不了家,不禁满腹忧愁和痛苦。

第四、五章为第二部分,追忆戍边时紧张的战斗生活。第四章前两句是以开得很繁盛的常棣之花起兴,引出对壮盛军容的描写:主帅的战车又高又大,战车已经驾好,驾车的四匹雄马高大健壮。军队不敢安居下来,因为一月之中多次打仗杀敌。第五章是赋体,继续写战斗生活:驾车的四匹雄马强壮威武,主帅坐在车上指挥,士兵在其后隐蔽。四匹雄马在战斗中步伐整齐,进退有序,士兵们配有强弓和利箭。将士们不得不日夜戒备,因为猃狁十分猖獗。

末章为第三部分,写归途中抚今追昔,因痛定思痛而更加悲伤。战斗终于结束,士兵们踏上归途。想当年出征之日,正值杨柳依依的春天;现在回家之时,却是雨雪霏霏的冬天。归路迢迢,在雨雪中行走迟缓,途中又饥又渴。抚今追昔,不禁满腹伤悲,发出"莫知我哀"的悲叹。

全诗通过士兵在归途中追述戍边作战之苦及思乡之情,反映出猃狁入侵给人民带来的苦难,表现出周人对战争的厌恶和反感。

本诗在艺术上很有特色,运用了多种修辞手法。有以具体代抽象的借代,如:以"杨柳"代春天,以"雨雪"代冬天。有自问自答的设问句,如:"彼尔维何?维常之华"、"彼路斯何?君子之车"。有反问句,如:"岂敢定居"、"岂不日戒"。有对偶句,如:当句对"象弭鱼服"、双句对"君子所依,小人所腓"、复句对"采薇采薇,薇亦作止。曰归曰归,岁亦莫止"、"彼尔维何?维常之华。彼路斯何?君子之车"。而末章的"昔我往矣,杨柳依依。今我来思,雨雪霏霏",除了工整的对仗以外,更是利用反衬的修辞手法,创造了"以乐景写哀,以哀景写乐"的诗歌美学境界,深刻而有力地表现了戍边士兵的哀怨,使其成了千古不朽的名句。王夫之评论说:"'昔我往矣,杨柳依依。今我来思,雨雪霏霏。'以乐景写哀,以哀景写乐,一倍增其哀乐。"(《姜斋诗话》)周振甫《诗词例话》对此做了进一步的阐述："兵士出征时心里是愁苦的，诗人写道：'昔我往矣，杨柳依依。'用杨柳在春风中飘荡的美好景物来反衬士兵的愁苦。春天是欢乐的季节，士兵却在这时被迫出征，所以加倍显得愁苦。士兵回来时心情是愉快的，诗人写道：'今我来思，雨雪霏霏。'在雨雪中赶路是苦的，用苦景来反衬愉快的心情，见得士兵为了急于回家而不顾雨雪忙着赶路，加倍显出心情的愉快。"

这一千古名句，对后世的诗歌创作有很大影响。一是"以乐景写哀，以哀景写乐"的艺术手法，被后世诗人继承和发扬。如杜甫《哀江头》："江头宫殿锁千门，细柳新蒲为谁绿？"写诗人曲江所见。"细柳新蒲"，是写景物之美。"为谁绿"三字陡然一转，以乐景反衬哀恸，感叹江山易主、游人罕见，使人有伤心凄凉之感。钱起《暮春归故山草堂》："谷口春残黄鸟稀，辛夷花尽杏花飞。始怜幽竹山窗下，不改清阴待我归。"诗的一、二句渲染出春光逝去，了无踪迹的凋零空寂的气氛，反衬出三、四句诗人对幽竹"不改清阴待我归"的欣喜之情。二是"昔往"、"今来"对举的句式，屡为后世诗人所模仿。如曹植《情诗》："始出严霜结，今来白露晞。"《朔风诗》："昔我初迁，朱华未希；今我旋止，素雪云飞。"颜延之《秋胡诗》之五："昔辞秋未素，今也岁载华。"杜甫《兵车行》："去时里正与裹头，归来头白还戍边。"三是句中的某些词语或子句，也常被后世诗人所借用。借用时，或用原意，或意义有所引申、表现范围有所拓展。如屈原《九章·涉江》："霰雪纷其无垠兮，云霏霏而承宇。"《汉乐府·孔雀东南飞》："举手长劳劳，二情同依依。"陶渊明《归园田居》其一："暧暧远人村，依依墟里烟。"杜甫《望兜率寺》："霏霏云气重，闪闪浪花翻。"孙觌《吴门道中二首·其一》："数间茅屋水边村，杨柳依依绿映门。"方千里《浣溪沙·杨柳依依窣地垂》："杨柳依依窣地垂，曲尘波影渐平池。"阿鲁威《〔双调〕蟾宫曲·旅况》："正春风杨柳依依，听御阳关，分袂东西。"

源自本诗的成语

"不遑启处"，谓没有闲暇安坐休息。形容事务繁忙，无暇过安宁的生活。也写作"不遑启居"。用例：自从接受任务以来，他废寝忘食，不遑启处，所有时间都花在了工作上。/近些时日，我诸事缠身，不遑启居，未及探望，多多见谅。

"忧心孔疚"，谓满怀忧愁，十分痛苦。用例：常惧一旦横受无辜，忧心孔疚，如履冰炭。(《三国志·吴书·胡综传》)

8. 伯兮(卫风)

原文 | 译文

(一)

伯兮朅兮,[1] 我的伯啊真英武,
邦之桀兮。[2] 你是国家的英雄。
伯也执殳,[3] 我的伯啊执长殳,
为王前驱。[4] 你为君王打前锋。

(二)

自伯之东,[5] 自从我伯去东征,
首如飞蓬。[6] 满头散发乱蓬蓬。
岂无膏沐?[7] 难道是我无膏沐?
谁适为容![8] 我为谁去饰颜容!

(三)

其雨其雨,[9] 期望老天下场雨,
杲杲出日。[10] 却出太阳金灿灿。
愿言思伯,[11] 情意殷殷思念伯,
甘心首疾。[12] 想得头痛也情愿。

(四)

焉得谖草?[13] 何处能得忘忧草?
言树之背。[14] 将它种在堂北面。
愿言思伯, 情意殷殷思念伯,

使我心痗。[15]　　　　忧思成疾病恹恹。

注释

[1]伯:周代妇女对丈夫的称呼。朅(qiè):英武健壮的样子。

[2]邦:国家。桀(jié):俊杰,才智出众的人。

[3]殳(shū):古代的一种兵器,竹制,形如竿,长一丈二尺。

[4]王:卫国人称卫君为王。前驱:前导,先锋。指走在前面的战士或卫士。

[5]之:往。

[6]飞蓬:随风飞散的蓬草。此处比喻不常梳洗的乱发。

[7]膏沐:古代妇女润发的油脂。

[8]为(wèi):为了。容:此处用作动词。指修饰容貌。适:"適"字的简体,此处音义有两说。一说:适(dí),主,专主,专一注重。《毛传》:"适,主也。"朱熹《诗集传》:"所以不为者,君子行役,无所主而为之故也。"此句是说为了谁去修饰容貌。一说:适(shì),悦乐,取悦。马瑞辰《毛诗传笺通释》:"女为悦己者容,夫不在,故曰'谁适为容',即言'谁悦为容'也。"此句是说修饰容貌是为了取悦谁。

[9]其:助词。表期望或祈求的语气。

[10]杲(gǎo)杲:明亮的样子。以上两句比喻事与愿违,是说盼望丈夫回家而丈夫偏不回来。

[11]愿:思念,沉思。言:助词。愿言:犹"愿然"。思念殷切的样子。

[12]甘心:情愿。首疾:头痛。此句是说虽然头痛也是心甘情愿的。

[13]焉:疑问代词。哪里,何处。谖(xuān)草:萱草,俗称金针菜、黄花菜。古人以为此草可以使人忘忧,故又称之为忘忧草。

[14]言:助词。树:种植。背:堂屋的北面,堂后。堂屋的正面向南,背面向北。

[15]痗(mèi):病。指忧思成疾。

导读

《伯兮》是一首描写女子思念远征丈夫的诗。四章,章四句。

全诗四章,用真挚的语言写出了这位女子对久役未归的丈夫的深切思念。她既为英武健壮、英勇卫国的丈夫而自豪,但又被无尽的思念所折磨。诗作客观上也反映了征战给人民带来的痛苦。

首章写丈夫出征，赞夫之才。丈夫即将出征，女子夸赞其夫英武健壮，是国家的英才。出征时，他手持兵器，威风凛凛，走在队伍的前面，为国君担任前锋。这一章为后面的叙说设下了伏笔。

第二章写深闺寂寞，己不为容。自从丈夫东征之后，深闺中的女子就再无心梳妆打扮，任由头发散乱如飞蓬。难道是她没有润发的膏沐吗？是因为丈夫不在身边，她为谁去修饰容貌呢？方玉润评论此章曰："宛然闺阁中语，汉魏诗多袭此调。"（《诗经原始》）

第三章写思夫情苦，首疾心甘。女子盼望丈夫早日归来，但总是事与愿违，就像期望老天下场雨，却偏偏出了个红太阳。苦苦的相思使她头痛难忍，但即便如此，她也心甘情愿，表现了女子对爱情坚贞不二的高尚情操。

末章写忧思难忘，心生奇想。女子对丈夫的思念痛苦难耐，她心生奇想：到什么地方能找到一种忘忧草，将它种在屋堂的北面，以便让她忘掉忧思和烦恼。可是世上并没有这种奇草，她对丈夫的思念依然不已，以致忧思成疾，精神萎靡。

以上四章，构成了这首诗的四个层次：从女子自豪地夸赞丈夫，到独守闺中，无心修饰容貌；再到因苦苦思念，患上了头痛的毛病；再到因忧思无法排遣，以致其病益甚，忧思成疾。四个层次，联系紧密，围绕主题，步步深化，将闺中女子对丈夫的思念之情描述得极其生动感人。

《伯兮》一诗，常被誉为后世闺怨诗之祖。程俊英《诗经注析》对此作了恰当的评说："这首诗写室家怨思之苦，情意至深，对后世闺怨思远之作有很大影响。如李清照《凤凰台上忆吹箫》'起来慵自梳头'、《永遇乐》'如今憔悴，风鬟霜鬓'，都从'自伯之东，首如飞蓬'化出。徐干《杂诗》'自君之出矣，明镜暗不治'、杜甫《新婚别》'罗襦不复施，对君洗红妆'，很明显地继承'岂无膏沐，谁适为容'之意。欧阳炯《贺明朝》'终是为伊，只恁偷瘦'、柳永《凤栖梧》'衣带渐宽终不悔，为伊消得人憔悴'，则是'愿言思伯，甘心首疾'的发展。"

源自本诗的成语

"首如飞蓬"，形容头发未经梳理整饰，像飞散的蓬草一样纷乱。用例：小艇有识翠姑者，招呼登舟，始见喜儿首如飞蓬，钗环俱无有。（清·沈复《浮生六记》第四卷）

"椿萱并茂"，此成语源自《伯兮》与《庄子·逍遥游》。《逍遥游》有云："上古有大椿者，以八千岁为春，八千岁为秋。"因椿木长寿，古代常用来比喻父亲。萱草可以使人忘忧，古代常用来比喻母亲。后以"椿萱"为父母的代称，以"椿萱并茂"比喻父母都还健在。用例：知君此去情偏切，堂上椿萱雪满头。（汉·牟融《送徐浩》诗）/他收到来信，得知椿萱并茂，甚是宽怀。

9. 陟岵（魏风）

原文	译文
（一）	
陟彼岵兮，[1]	登上那有草木山，
瞻望父兮。[2]	远远来把老父望。
父曰："嗟，予子！[3]	老父呼儿把气叹：
行役夙夜无已。[4]	"行役日夜不停忙。
上慎旃哉，[5]	希望小心多保重，
犹来无止！"[6]	早归不要留它乡！"
（二）	
陟彼屺兮，[7]	登上那无草木山，
瞻望母兮。	远远来把老母望。
母曰："嗟，予季！[8]	老母呼儿把气叹：
行役夙夜无寐。[9]	"行役日夜不挨床。
上慎旃哉，	希望小心多保重，
犹来无弃！"[10]	早归不要弃家乡！"
（三）	
陟彼冈兮，[11]	登上高高的山冈，
瞻望兄兮。	远远来把老兄望。
兄曰："嗟，予弟！	老兄呼弟把气叹：

行役夙夜必偕。[12]	“行役日夜当自强。
上慎旃哉,	希望小心多保重,
犹来无死!”[13]	早归不要死异乡!”

注释

[1]陟(zhì):升,登。岵(hù):有草木的山。

[2]瞻望:远望,眺望。

[3]父曰:与下章的“母曰”、“兄曰”等以下的诗句,均是诗人想象中家人在家说的话。予子:与下章的“予季”、“予弟”等,是诗人想象中家人对他的称呼。

[4]行役:因服兵役、劳役或公务而出外跋涉。夙夜:早晚,日夜。无已:没有终止,没完没了。

[5]上:通“尚”。庶几。表示希望。慎:谨慎,小心。旃(zhān):代词。之。

[6]犹来:还是归来。无:不要,别。止:停留,滞留。无止:不要滞留他乡。

[7]屺(qǐ):无草木的山。

[8]季:小儿子。

[9]无寐:没有时间睡觉。

[10]无弃:不要弃家不归。

[11]冈:山冈。

[12]偕:自强,勤勉努力。俞樾《毛诗平议》:“《说文·人部》:‘偕,强也。’是强乃偕之本义。……言夙夜之间必当自强也。”闻一多《风诗类钞》:“偕,强也,勤也。谓力行不倦也。”

[13]无死:不要死在异乡。

导读

《陟岵》是一首征人思亲的诗。三章,章六句。

这首诗写的是一位长期在外服役的青年,身处异乡,思念亲人,常常登上高山,回望故土,并想象父母兄弟也在家中叹息,希望自己能早日回家,不要客死异乡。反映了当时劳役生活的痛苦和劳动人民对统治者征役无已的极度愤懑和不满。

全诗三章,皆为赋体。每章的前两句都是写诗人行役途中,每每登上高山,便回首远眺,遥望家乡的亲人。虽然远隔千里,不能相见,但他的心却早已飞到亲人的身边。后四句没有直接写自己的思亲之情，而是设想他们的念己之词。他仿佛听到亲人对自己的再三嘱咐。老父说：唉，我的孩子！你行役在外，日夜辛劳不已。希望你小心谨慎，多加保重，早日回来，不要滞留他乡。老母说：唉，我的小儿！你行役在外，日夜不能安睡。希望你小心谨慎，多加保重，早日回来，不要弃家不归。老兄说：唉，我的老弟！你行役在外，日夜勤勉努力。希望你小心谨慎，多加保重，早日回来，不要客死异乡。全诗重章复沓，反复咏唱。“夙夜无已”、“夙夜无寐”、“夙夜必偕”，点出了行役中的辛劳与紧张；“犹来无止”、“犹来无弃”、“犹来无死”，更是步步深入，反映了行役的种种危险和亲人们深深的担心。

本诗在艺术表现手法上有其独特之处。这是一首思亲的诗，但诗人没有从正面直写自己对亲人的思念，而是设想对方如何念己，以映衬自己的思念之情。这种手法更能体现诗人思念之深切，有“笔以曲而愈达，情以婉而愈深”的艺术效果。正如沈德潜《说诗晬语》所说：“《陟岵》，孝子之思亲也。三段中，但念父、母、兄之思己，而不言己之思父、母与兄，盖一说出，情便浅也。情到极深，每说不出。”这种手法，钱锺书在《管锥编·毛诗正义》中称之为“分身以自省，推己以忖他；写心行则我思人乃想人必思我”。此法对后世诗人的创作有很大影响，如曹丕《燕歌行》、高適《除夜作》、王维《九月九日忆山东兄弟》、杜甫《月夜》、白居易《邯郸冬至夜思家》、韦庄《浣溪沙》、欧阳修《踏莎行》等羁旅怀人之作，都运用了这一表现手法，产生了很好的艺术效果。

源自本诗的成语

“陟岵陟屺”，原指征夫登临高山，遥望家乡，想象着父母在家中想念自己的情景，寄寓了他对父母深深的思念之情，后用以泛指旅居在外的人思念父母。也写作“陟岵瞻望”。用例：因为工作关系，他今年又不能回国看望父母了，中秋之夜，不免陟岵陟屺，思念远在家乡的亲人。/他已经身在国外十年了。每逢中秋节，他都陟岵瞻望，祝愿家乡的父母身体健康。

“瞻云陟屺”，此成语源自《陟岵》与《新唐书·狄仁杰传》。《狄仁杰传》有云：“荐授并州法曹参军，亲在河阳。仁杰登太行山，反顾，见白云孤飞，谓左右曰：‘吾亲舍其下。’瞻怅久之。云移，乃得去。”“瞻云”、“陟屺”，本事皆指儿子对远方父母亲的思念。后因以“瞻云陟屺”指非常思念亲人。用例：正尝观览古人瞻云陟屺事，盖伤之焉。（明·张居正《寿李母杜夫人七十序》）

10. 鸨羽(唐风)

原 文	译 文
（一）	
肃肃鸨羽，[1]	鸨鸟振翅肃肃响，
集于苞栩。[2]	落在丛丛柞树上。
王事靡盬，[3]	官家差事无休止，
不能艺稷黍，[4]	不能在家种黍粱，
父母何怙？[5]	靠啥养活爹和娘？
悠悠苍天！[6]	高高在上的苍天啊！
曷其有所？[7]	何时安居在家乡？
（二）	
肃肃鸨翼，[8]	鸨鸟振翅肃肃响，
集于苞棘。[9]	落在丛丛枣树上。
王事靡盬，	官家差事无休止，
不能艺黍稷，	不能在家种黍粱，
父母何食？	爹娘用啥作食粮？
悠悠苍天！	高高在上的苍天啊！
曷其有极？[10]	何时差事能收场？
（三）	
肃肃鸨行，[11]	鸨鸟振翅肃肃响，
集于苞桑。[12]	落在丛丛桑树上。
王事靡盬，	官家差事无休止，

不能艺稻粱，	不能在家种稻粱，
父母何尝？	爹娘有啥东西尝？
悠悠苍天！	高高在上的苍天啊！
曷其有常？[13]	何时生活能正常？

注释

[1]肃肃：鸟羽振动声。鸨（bǎo）：鸟名，似雁而大，又名野雁。其脚无后趾，不能稳定地栖息在树上，多栖于平原或湖泊边。羽：羽翼，翅膀。

[2]集：鸟停在树上。苞：丛生。栩（xǔ）：栎树，又名柞树。

[3]王事：王命差遣的公事。泛指官差徭役。靡：无，没有。盬（gǔ）：休止，止息。

[4]艺：种植。稷黍：稷为高粱，黍为黄米。与下文"稻粱"皆泛指庄稼。

[5]怙（hù）：依靠，凭恃。

[6]悠悠：深远的样子。

[7]曷：疑问代词。何时。其：助词。所：处所。此指安身之所。

[8]翼：羽翼。

[9]棘：酸枣树。

[10]极：终了，尽头。

[11]行（háng）：翮，鸟的羽茎。引申为鸟翼。鸨行：鸨的羽翼。与上文"鸨羽"、"鸨翼"义同。

[12]桑：桑树。

[13]常：正常。

导读

《鸨羽》是一首农民控诉无休止的徭役制度的诗。三章，章七句。

诗的首章前两句以鸨鸟栖息在栎树丛上而失其常性，兴比诗人从役远行而失其安居之所，自然领起下文。因长期在外服役，而"王事"又总是没完没了，诗人想到家乡田园荒废，庄稼种不上，家里的父母不知靠什么生活，想到此，他痛极难忍，不禁呼天抢地："苍天啊！什么时候我才能有一个安身之地？"诗人的诉说，深刻揭示了徭役给人民带来的痛苦。陈继揆《读诗臆评》评论说："一呼父母，再呼苍天，愈质愈悲。读之令人酸痛摧肝。"

此诗是采用重章叠句的形式来反复咏唱的。二、三章除对应处更换了几个意义相同或相近的词外,结构与首章完全相同。全诗三章内容基本相似,但略有差别。章末“曷其有所”、“曷其有极”、“曷其有常”,表现出诗人思乡念亲之情越来越强烈。正如方玉润所说:“始则痛居处之无定,继则念征役之何极,终则恨旧乐之难复。民情至此,咨怨极矣。”(《诗经原始》)

这首诗的艺术表达也有其特色。首先是开头的兴句用得巧妙。鸨鸟是属于雁类的飞禽,其爪间有蹼而无后趾,生性只能浮水,奔走于沼泽草地,不能抓握枝条在树上栖息。用此兴比诗人因常年从事徭役,不得不抛弃务农的本业而无法过正常的生活,极为贴切。其次是设问句的运用。“父母何怙”、“父母何食”、“父母何尝”几个设问句,是无疑而问,其答案不言自明,这里只是为了突出徭役给人民带来的深重灾难,以引起人们的注意和思考。接着“悠悠苍天”两句,呼天抢地,寄托了诗人渴望摆脱困境的愿望。句式的变换和音响节奏的顿挫,增强了诗的表达效果和艺术魅力。

11. 鸿雁(小雅)

原文	译文
(一)	
鸿雁于飞,[1]	大雁天空展翅飞,
肃肃其羽。[2]	奋起羽翼肃肃响。
之子于征,[3]	这些流民出远门,
劬劳于野。[4]	野外辛劳苦备尝。
爰及矜人,[5]	可怜天下受苦人,
哀此鳏寡。[6]	那些鳏寡更悲凉。
(二)	
鸿雁于飞,	大雁天空展翅飞,
集于中泽。[7]	成群落在泽中央。

之子于垣，[8]	这些流民筑墙忙，
百堵皆作。[9]	同时筑起百堵墙。
虽则劬劳，[10]	虽然劳累又辛苦，
其究安宅？[11]	终将居住在何方？

（三）

鸿雁于飞，	大雁天空展翅飞，
哀鸣嗷嗷。[12]	哀鸣阵阵声嗷嗷。
维此哲人，[13]	只有这些明白人，
谓我劬劳。	说我服役太辛劳。
维彼愚人，[14]	唯独那些愚陋者，
谓我宣骄。[15]	说我骄纵发牢骚。

注释

[1]鸿雁：大雁。于：助词。

[2]肃肃：鸟羽振动声。羽：羽翼。

[3]之子：这些人。诗人自己也在内。朱熹《诗集传》谓“之子”为“流民自相谓”。于：助词。征：远行。

[4]劬（qú）劳：劳累，辛苦。于：介词。

[5]爰：助词。矜人：穷苦的人，可怜的人。

[6]哀：怜悯，可怜。鳏（guān）：老而无妻的男子。寡：老而无夫的妇女。

[7]集：聚集。泽：沼泽。中泽：沼泽中。

[8]于：助词。垣：墙。此处用作动词。筑墙。

[9]百：虚数，泛言数量多。堵：古代建筑墙的单位。通常认为长、高各一丈的墙叫“一堵”。作：起。指筑起，建起。

[10]虽则：连词连用。

[11]其：副词。将。究：副词。究竟，终究。安：疑问代词。何处，哪里。宅：居住的地方。此处用作动词。居住。

[12]嗷嗷：鸟哀鸣声。

[13]维：仅，只有。哲人：智者，明白事理的人。

[14]愚人:愚钝浅陋的人。

[15]宣骄:骄奢。一说:宣通"喧"。多言。骄:骄傲。朱熹《诗集传》:"流民以鸿雁哀鸣自比而作此歌也。知者闻我歌,知其出于劬劳。不知者谓我闲暇而宣骄也。"

导读

《鸿雁》是一首流民自叙悲苦的歌谣。三章,章六句。

《鸿雁》一诗的主题、作者,历来说法不一。《毛诗序》云:"《鸿雁》,美宣王也。万民离散,不安其居,而能劳来还定安集之,至于矜寡,无不得其所焉。"朱熹《诗集传》云"今亦未有以见其为宣王之诗","流民以鸿雁哀鸣自比而作此歌也"。《诗序》以为诗是赞美宣王能安置流民,使穷人都能各得其所,作者当是统治阶级中的一员。朱熹认为诗的产生时代不能确定,是流民有感于鸿雁的境况而自作此诗。而姚际恒《诗经通论》则谓"此诗为宣王命使臣安集流民而作",作者是受命于宣王的官员。我们以为朱熹之说较合诗意。

全诗三章,每章的前两句都是起兴,且兴中有比。鸿雁是一种随季节变化作定时迁徙而变易栖居地区的候鸟,此诗以鸿雁起兴,与居无定所、颠沛流离的流民身份很切合。首章前两句以鸿雁肃羽而飞,兴比流民在野外服役,奔波劳累,即使是鳏寡之人也不能幸免。第二章以鸿雁群聚于沼泽之中起兴,让人联想到鸿雁尚可在泽中暂时栖身,而流民在工地筑墙,付出了艰辛的劳动,建起了很多房屋,但没有一处是自己的安身之所,只得发出"虽则劬劳,其究安宅"的哀叹。末章写诗人由鸿雁的哀鸣声,想到了流民痛苦的呻吟和内心的忧伤,于是作歌来诉说他们的悲惨命运。但只有明晓事理的"哲人",才能体会到流民们的劳苦;而那些浅陋的"愚人",只是讥笑和嘲讽他们的哀诉是乱发牢骚。

全诗三章叠咏,每章都以鸿雁起兴,都有"劬劳"一词,三章反复咏唱,反映了流民被迫远行服役的劳累艰辛、流离失所的痛苦以及面对现实的无可奈何,表达了诗人对穷人的深切同情,对统治者的残酷无情和社会不公的愤慨。本诗是一首"饥者歌其食,劳者歌其事"的现实主义诗作。

源自本诗的成语

"百堵皆作",形容众多的房屋同时兴建,或比喻许多事情在同时进行。用例:这里原是一片荒凉的土地,现在却井架林立,百堵皆作,一个新型的石油城正在地球上出现。/公司刚刚成立,百堵皆作,上上下下忙得不亦乐乎。

"哀鸿遍野",谓哀鸣着的鸿雁布满了原野。后用来比喻到处是流离失所,呻吟呼号的灾民或难民。也写作"哀鸿遍地"。用例:他九死一生回到故土,却不料迎接他的竟是满目苍夷,哀鸿遍野。/昔日的六朝胜地,战乱之后哀鸿遍地,一片萧瑟。

"嗷嗷待哺",原指雏鸟饥饿时哀叫着,等待母鸟来喂食,后用来形容饥饿难忍,渴求食物的悲惨情状。也写作"嗷嗷待食"。用例:望着那流落街头嗷嗷待哺的一家老小,他掏空了兜里所有的银子。/况家中尚不致嗷嗷待食,亦无需吾哥焦灼家用。(《秋瑾集·书信·致秋誉章书其五》)

四、政治讽刺诗

西周中叶以后,特别是西周末年,周室衰微,政治失道,社会动荡,因而产生了针砭时政的政治讽刺诗。《诗经》中的政治讽刺诗都在二《雅》和《国风》中,按照诗的内容,大致可以分为两类:

一类是描写贵族和士吏针砭时弊,或感叹个人遭遇的不幸的讽刺诗,如《小雅·节南山》《正月》《十月之交》《雨无正》《小旻》《巧言》《巷伯》、《大雅·民劳》《板》《荡》《桑柔》《瞻印》等。

一类是描写下层平民揭露统治者的贪婪、腐朽和荒淫无耻的讽刺诗,如《邶风·新台》、《鄘风·墙有茨》《相鼠》、《齐风·南山》、《魏风·伐檀》《硕鼠》、《秦风·黄鸟》、《陈风·株林》等。

1. 节南山(小雅)

原文	译文
(一)	
节彼南山,[1]	高峻巍峨终南山,
维石岩岩。[2]	山石堆积难登攀。
赫赫师尹,[3]	权势显赫太师尹,
民具尔瞻。[4]	人民都在把你看。
忧心如惔,[5]	心中忧闷如火烧,
不敢戏谈。[6]	不敢戏谑不敢谈。
国既卒斩,[7]	国运已经尽斩断,

何用不监！[8]	为何你竟看不见！

（二）

节彼南山，	高峻巍峨终南山，
有实其猗。[9]	凹曲山坡多广阔。
赫赫师尹，	权势显赫太师尹，
不平谓何？[10]	为政不平怎么说？
天方荐瘥，[11]	上天连连降灾疫，
丧乱弘多。[12]	死丧祸乱实太多。
民言无嘉，[13]	人民议论无好话，
憯莫惩嗟！[14]	竟不自惩以改过！

（三）

尹氏大师，	尹太师啊尹太师，
维周之氐。[15]	你是周室的根基。
秉国之均，[16]	执掌国家的政权，
四方是维。[17]	四方要靠你维系。
天子是毗，[18]	天子也靠你辅佐，
俾民不迷。[19]	应使人民不惑迷。
不吊昊天，[20]	上天实在不善良，
不宜空我师。[21]	不该使民无衣食。

（四）

弗躬弗亲，[22]	国家政事不亲理，
庶民弗信。[23]	百姓对你不相信。
弗问弗仕，[24]	既不咨询也不用，
勿罔君子。[25]	不应欺罔众贤臣。
式夷式已，[26]	邪行消除和制止，

无小人殆。[27]	凡是小人莫亲近。
琐琐姻亚，[28]	卑微平庸裙带亲，
则无朊仕。[29]	不可厚禄委重任。

（五）

昊天不佣，[30]	上天真是不公平，
降此鞠讻。[31]	降下如此大祸乱。
昊天不惠，[32]	上天真是不仁爱，
降此大戾。[33]	降下如此大灾难。
君子如届，[34]	君子如果来执政，
俾民心阕。[35]	能使人民心息怨。
君子如夷，	君子为政若公平，
恶怒是违。[36]	人民憎忿自可免。

（六）

不吊昊天，	上天实在不善良，
乱靡有定。[37]	祸乱无法得平定。
式月斯生，[38]	月月祸乱都发生，
俾民不宁。[39]	使得人民不安宁。
忧心如酲，[40]	心中忧虑如病酒，
谁秉国成？[41]	究竟谁来掌国政？
不自为政，[42]	为何不亲理政事，
卒劳百姓。[43]	最终劳苦众百姓。

（七）

驾彼四牡，[44]	驾着四匹大公马，
四牡项领。[45]	四马肥壮大脖颈。
我瞻四方，	举目四方望一望，

蹙蹙靡所骋。[46] 蹙蹙无处可驰骋。

(八)

方茂尔恶,[47] 你们憎恶正盛时,
相尔矛矣。[48] 眼瞅戈矛相攻击。
既夷既怿,[49] 争端平息心喜悦,
如相酬矣。[50] 又像相酬很客气。

(九)

昊天不平, 老天真是不公平,
我王不宁。 我王亦不得安宁。
不惩其心,[51] 尹氏不惩戒其心,
覆怨其正。[52] 反怨旁人来谏正。

(十)

家父作诵,[53] 家父作歌来讽谏,
以究王讻。[54] 追究王朝祸乱源。
式讹尔心,[55] 望你心思能改变,
以畜万邦。[56] 养育万邦天下安。

注释

[1]节:高峻的样子。南山:终南山。今陕西西安市南。

[2]维:助词。岩岩:山石堆积的样子。

[3]赫赫:势位显盛的样子。师:太师。太师是周代执政的大臣三公(太师、太傅、太保)之一,权位最高。尹:太师的姓。尹氏是周王朝贵族之一。

[4]具:通“俱”。全,都。瞻:视,望。尔瞻:“瞻尔”的倒文。看着你。

[5]惔(tán):通“炎”。焚烧。

[6]戏谈:戏谑谈论。

[7]国:国运。卒:尽,完全。斩:断绝。

[8]何用:何以,为什么。监:察,看。

[9]有:助词。实:广大。有实:犹“实实”。广大的样子。猗(ē):通“阿”。山隅,山坡。

[10]不平:不公平。谓:说。谓何:说什么,还有什么可说的。

[11]荐:屡次,一再。瘥(cuó):灾疫。

[12]弘:大。

[13]民言:人民的议论、评说。嘉:善,美好。

[14]憯(cǎn):曾,乃,竟然。惩(chéng):警戒,制止。嗟:句末语助词。

[15]维:助词。加强判断语气,起系词的作用。氐(dǐ):树根,根本。

[16]秉:掌握,执掌。均:通“钧”。制陶器的模子下面的转盘。此处比喻国家的政权。尹氏掌握政权来治国,好比陶匠运转陶钧来制作陶器,所以说“秉国之均”。

[17]四方:全国。是:助词。宾语提前的标志。下句“是”同。维:维持,维系。

[18]毗(pí):辅佐。

[19]俾(bǐ):使。迷:迷惑。

[20]不吊昊天:“昊天不吊”的倒文。不吊:不淑,不善。昊天:上天,苍天。

[21]不宜:不应该。空(kòng):穷困。用作使动词。师:众,众民。

[22]躬、亲:两字义同。此处用作动词。指亲自管理政事。

[23]庶民:众民,老百姓。信:相信,信从。

[24]问:咨询,询问。仕:任用。

[25]罔:欺骗。君子:指贤臣,和下文“小人”相对。

[26]式:助词。夷:平,消除。已:止,制止。

[27]殆:亲近。《郑笺》:“殆,近也。”

[28]琐琐:细小卑微的样子。姻:女婿的父亲。亚:女婿互相之间的称呼。姻亚:指裙带关系。

[29]朊(wǔ):厚。仕:任用,封官。朊仕:指给以高官厚禄。

[30]佣:均,公平。

[31]鞠(jū):穷,极。讻:凶咎,祸乱。鞠讻:极大祸难。

[32]惠:仁爱。

[33]戾(lì):通“疠”。灾难。

[34]如:如果。届:至,到。指到其位从政。

[35]阕(què):息,平息。

[36]恶(wù)怒:指人民憎恶和愤怒的情绪。违:去,消除,免除。以上两句是说君子如没有什么不平,众人的暴怒也可以消除。

[37]乱:祸乱。定:止,止息。

[38]式:助词。月:每月,月月。斯:是,这。指祸乱。

[39]宁:安,安宁。

[40]酲(chéng):病酒,醉酒后疲惫不堪如生病一样。

[41]国成:犹“国均”。国家政务的权柄。

[42]不自为政:不亲理政事。

[43]卒:终,始终。

[44]牡:雄性的鸟兽。此指公马。

[45]项:肥大。领:颈,脖子。

[46]蹙(cù)蹙:局促不得舒展的样子。骋(chěng):驰骋,奔驰。靡所骋:没有可驰骋的地方。比喻贤才不能施展。

[47]方:正,正值。茂:盛。尔:指小人。恶(wù):憎恶,恶怒。

[48]相(xiàng):视。相尔矛矣:看着你的矛。指小人盛怒时,互相看着对方的矛戟,想要动武。

[49]夷:平,平和。怿(yì):喜悦,和悦。

[50]酬:劝酒。如相酬矣:好像互相劝酒那样友善。

[51]惩:惩戒,戒止。

[52]覆:反。正:谏正,纠正。这两句是说尹氏不惩戒自己的心,反而怨恨劝谏他的人。

[53]家父:本诗的作者。又作“嘉父”、“嘉甫”,周朝大夫。诵:诗歌。

[54]究:追究。王讻:王朝祸乱的根源。指尹氏。

[55]讹:通“吪(é)”。变化,改变。尔:此仍指尹氏。

[56]畜:养,养育。万邦:指四方各诸侯国。

导读

《节南山》是一首抨击执政者的诗。十章,前六章章八句,后四章章四句。

这首诗大致作于西周末期,作者家父是周王朝的大夫。其时,执政大臣太师尹氏为政不平,任用小人,以致政治混乱,天怨民怒,国家危殆。家父作了这首诗,对尹氏的乱政殃民进行了揭露和讽刺,表现了与朝中邪恶、腐朽势力斗争到底的决心和崇高的社会责任感。

全诗共有十章。首章是说尹氏失民望。诗以“节彼南山，维石岩岩”，兴比师尹地位的高贵显赫，为民所望。但在师尹的统治下，国事堪忧，人民畏惧尹氏的威虐，不敢议论政事，以致国运完全断绝，而尹氏竟毫无觉察。

第二章是说尹氏为政不平，天怒人怨。诗以“节彼南山，有实其猗”，兴比师尹的为政不平。因此上天连降灾疫，国家祸乱纷起，人民非议很多，但师尹却不自惩以改过。

第三章是说尹氏是周王朝的根本，责任重大。尹氏执掌国家政权，对国家、对天子、对人民都负有重大责任。当上天降下灾祸时，不应该让人民陷入穷途绝境。

第四章是说尹氏不亲理政事，而任用小人。尹氏不亲理政事，因而得不到人民的信任。诗人规劝师尹，不要欺罔君子，要远离小人；不要任人唯亲，要选贤任能。

第五章是说君子为政，可消天怒人怨。尹氏执政无能，以致引起天怒，降下大灾大祸。如果由君子来执政，行事正当、处事公平，那么，人民的怨怒就会自然消失。

第六章是说尹氏不但不能消除天变，且生祸乱。上天不停地降下祸乱，人民不得安宁。诗人心忧如同醉酒，不禁深深叹息：为政者为何不亲理政事，消除天变，却让人民吃尽苦头呢！

第七章是说诗人怀才不遇的苦闷。诗人驾起肥壮的公马，向四方一望，只觉国土日蹙，好像没有可驰骋的地方，联想到自己的才能不能施展，心情十分苦闷。

第八章是说小人情态无常。尹氏所用之小人，有时互相倾轧，有时又互相勾结。诗人以此暗讽师尹结党营私、喜怒无常，导致朝政难以改革。

第九章是说师尹不思悔改，反而憎恶那些劝诫他的人。

末章直接点明诗的作者及作诗之由，指出师尹是导致国家灾祸连连的罪魁祸首。希望他能改心易虑，以养育万邦的人民。

关于本诗，有两个问题应稍作说明。其一是本诗的题旨。《毛诗序》云：“《节南山》，家父刺幽王也。”但通观全诗，文皆直刺尹氏；末章“式讹尔心”之“尔”，仍指尹氏。胡承珙《毛诗后笺》谓“诗词专责尹氏，而刺王之旨自在言外”。陈子展《诗经直解》谓“诗似刺师尹，《序》说‘刺幽王’，自是推本之词，以责重在王耳”。因尹氏是幽王时的太师，是当时具体的执政者，国家的危难主要是源于他为政不平而委任小人，故诗人极言尹氏之罪。而重用并纵容尹氏的是暴虐昏庸的周幽王，这是根源。所以，全诗的讽刺对象是尹氏，但也含有刺幽王的意思，不过只是言外之意。其二是尹氏其人。三家《诗》认为本诗作于宣王时代，他们以为尹氏即宣王时的尹吉甫。但史书记载中的尹吉甫是一位良相，而不是“不自为政，卒劳百姓”的佞臣，二者自相矛盾。陈子展《诗经直解》云：“宣王时有贤臣尹吉甫，幽王时有师尹专政，平王时犹为卿。景王后又有尹氏擅立王子朝。师尹盖吉甫之裔，伯封之后。尹氏世卿，贵族官僚。”据此，尹氏当为尹吉甫的后裔、幽王时专政的师尹。

源自本诗的成语

“赫赫有名”，谓声名显赫。用例：陶渊明先生是我们中国赫赫有名的大隐。（鲁迅《且介亭杂文二集·隐士》）

“忧心如惔”，谓忧愁得心里像被火烧一样。形容十分焦虑。也写作“忧心如焚”。用例：她听到海难的消息，顿时忧心如惔，为去海岛度假的儿子担心。/连日来战事不利，元帅忧心如焚，却毫无良计可施。

“昊天不吊”，谓上天不行善。后多用为哀悼之辞。用例：他年纪轻轻就去世了，真是昊天不吊啊。

“必躬必亲”，谓凡事都必须亲自经手。用例：那位伍大令初到任时，便发誓每事必躬必亲，绝不假手书吏、家丁，大门以内的事，无论公私，都要自己经手。（清·吴沃尧《二十年目睹之怪现状》第四十六回）

“忧心如酲”，谓心中忧虑，就像酒醉后的病态一样。形容心情十分愁闷压抑。用例：她身在百花丛中，却无心欣赏，忧心如酲，人都变得分外憔悴了。

“各自为政”，指各人按自己的主张行事，不与别人协调配合；或不顾全局，自搞一套。用例：企业各部门不能各自为政，要有全局观，互相配合。

“蹙蹙靡骋”，本谓局促不伸，无驰骋之地，以喻怀才不遇的苦闷。用例：当时的文士们乱世偷生，蹙蹙靡骋，对于这样的政治社会，具有一种由厌恶、恐怖与悲天悯人之感交织而成的苦闷。（谯近华《元杂剧中士人心态管窥》）

后用来形容局促，无法舒展得开。用例：自兹以往，我民岁增二千余万之负担，汲汲顾影，蹙蹙靡骋矣！（梁启超《中国国债史》）

2. 民劳(大雅)

原文	译文
	(一)
民亦劳止，[1]	人民实在够劳苦，
汔可小康。[2]	但愿可以稍安康。
惠此中国，[3]	惠爱京师老百姓，
以绥四方。[4]	安抚诸侯定四方。
无纵诡随，[5]	诡诈欺骗别纵任，
以谨无良。[6]	小人无良慎提防。
式遏寇虐，[7]	暴虐凶残要制止，
憯不畏明。[8]	不畏明法太嚣张。
柔远能迩，[9]	安抚远人亲近民，
以定我王。[10]	安定王室保家邦。
	(二)
民亦劳止，	人民实在够劳苦，
汔可小休。[11]	但愿可以稍休息。
惠此中国，	惠爱京师老百姓，
以为民逑。[12]	可使天下民心聚。
无纵诡随，	诡诈欺骗别纵任，
以谨惛怓。[13]	喧哗争讼须警惕。
式遏寇虐，	暴虐凶残要制止，
无俾民忧。	莫使人民心忧悒。

无弃尔劳，[14]	昔日功劳休废弃，
以为王休。[15]	以使周王扬美誉。

（三）

民亦劳止，	人民实在够劳苦，
汔可小息。[16]	但愿可以稍喘息。
惠此京师，[17]	惠爱京师老百姓，
以绥四国。	四方各国都安谧。
无纵诡随，	诡诈欺骗别纵任，
以谨罔极。[18]	慎防小人无法纪。
式遏寇虐，	暴虐凶残要制止，
无俾作慝。[19]	莫使作恶把民欺。
敬慎威仪，[20]	仪容举止须庄重，
以近有德。[21]	亲近贤德以正己。

（四）

民亦劳止，	人民实在够劳苦，
汔可小愒。[22]	但愿可以稍休歇。
惠此中国，	惠爱京师老百姓，
俾民忧泄。[23]	使民忧愤得宣泄。
无纵诡随，	诡诈欺骗别纵任，
以谨丑厉。[24]	慎防丑类行奸邪。
式遏寇虐，	暴虐凶残要制止，
无俾正败。[25]	莫使国政趋败灭。
戎虽小子，[26]	你虽是个年轻人，
而式弘大。[27]	作用宏大须谨戒。

（五）

民亦劳止，	人民实在够劳苦，
汔可小安。[28]	但愿可以稍安宁。
惠此中国，	惠爱京师老百姓，
国无有残。[29]	国中无人逞残凶。
无纵诡随，	诡诈欺骗别纵任，
以谨缱绻。[30]	慎防小人相结盟。
式遏寇虐，	暴虐凶残要制止，
无俾正反。[31]	莫使颠覆我国政。
王欲玉女，[32]	我王珍爱重视你，
是用大谏。[33]	因此竭力来谏正。

注释

[1]亦、止：助词。

[2]汔(qì)：庶几。小：稍稍，稍微。康：安康，安居，休息。

[3]惠：厚爱，加恩。中国：国都，京师。一说：指西周王朝直接统治的区域，也就是"王畿"，与下句"四方"相对。

[4]绥：安抚。四方：四方诸侯之国。

[5]无：通"毋"。不要，别。纵：放纵，听任。诡随：诡诈欺骗的人。

[6]谨：谨慎提防。无良：不好的人，恶人。

[7]式：助词。遏：遏止，制止。寇虐：残暴凶恶的人。指当时的酷吏佞臣。

[8]憯(cǎn)：曾，乃。明：明法，明确的法令。陈奂《诗毛氏传疏》："明犹法也。不畏明法即是寇虐。言为政者用以遏止之。"

[9]柔：安，安抚。远：指住在远方的人们。能：亲善，相善。迩：近。指住在近处的人们。

[10]定：安定，稳定。王：王室。指周王朝统治政权。

[11]休：休息，安定。

[12]逑(qiú)：聚集，聚合。

[13]惛怓(hūn náo):喧哗争吵。指朝政昏乱。

[14]尔:指执政者。劳:功劳,政绩。

[15]休:美,美好。这句是说以成就周王之美名。

[16]息:止息,安定。

[17]京师:指镐京。犹其他各章中的"中国"。

[18]罔:无。极:准则。罔极:指没有准则。高亨《诗经今注》:"罔极,没有法纪。极读为则。"

[19]慝(tè):邪恶。

[20]敬慎:严肃谨慎。威仪:容貌举止。

[21]近:亲近。有德:有道德的人,贤人。

[22]愒(qì):休息。

[23]泄:宣泄,消除。

[24]丑厉:丑恶,丑恶的人。

[25]正:通"政"。政事。

[26]戎:你。指执政者。小子:年轻人。

[27]式:作用。弘大:宏大。朱熹《诗集传》:"言汝虽小子,而其所为甚广大,不可不谨也。"

[28]安:安宁,安定。

[29]有:助词。残:伤害,毁坏。

[30]缱绻(qiǎn quǎn):牢固纠缠。指结帮营私。

[31]正反:政事颠覆。

[32]玉:此处用作动词。珍爱,珍重。女:通"汝"。你。朱熹《诗集传》:"言王欲以女为玉而宝爱之。"方玉润《诗经原始》:"言王将以女为材而宝重之。"

[33]是用:是以,因此。大谏:竭力谏诤、规劝。

导读

《民劳》是一首西周王朝贵族所作的讽刺诗。五章,章十句。

《毛诗序》说此诗为"召穆公刺厉王也"。朱熹《诗集传》则以为"乃同列相戒之词耳,未必专为刺王而发"。姚际恒《诗经通论》以为二者皆是。吴闿生《诗义会通》云:"词旨显为告戒执政而作,然谆谆如此,则其时之将乱可知,故《序》以为刺厉王。盖探立言之意而言之也。"据此,我们认为此诗是写周王朝贵族劝诫一位刚出来从政的同僚子弟,要警惕和防止奸佞小人,制止寇虐暴行,让人民能够休养生息。诗词虽未直陈王恶,但诗人刺王之意自见于言外。"从诗中所反映的政治情况看,当是厉王时代的作品。根据《周书》的内容研究,作者可能是芮良夫。"(王宗石《诗经分类诠释》)

全诗共五章,每章十句,章法一体。每章前四句是劝诫安民。一、二句是说百姓已经劳弊不堪了,但愿能稍事安息。国以民为本,若民劳弊则国危,故诗人劝诫执政者,须让民小安,得以休养生息。三、四句是说京师为诸夏的中心,"欲安四方之民,当自恤京师始"(方玉润《诗经原始》引濮一之语)。惠爱京师老百姓,便可安抚四方诸侯,聚拢天下之民心,安定四方之国,使民忧愤得以宣泄,使社会安定和谐。

每章中四句是劝诫防奸。因为要安民,就得防奸;而奸不除,则民不能安。所以这四句诗是全诗的重点。诗中列举了"无良"、"惛怓"、"罔极"、"丑厉"、"缱绻"等诡随小人之情状,反复劝诫执政者"无纵诡随",要谨防小人"居心不良"、"喧嚣争讼"、"无法无天"、"丑恶奸邪"、"结帮营私"。只有这样,才能"式遏寇虐",才能使小人畏惧明法,使百姓没有忧愁,使小人不敢作恶,使国政不致败坏,使政权不会遭颠覆。

每章后两句是劝诫修德。诗人劝诫执政者,要修明德,才能除奸安民。首章说要"柔远能迩",以安定王室;第二章说当"无弃尔劳",以扬王美名;第三章说须"敬慎威仪",近贤正己;第四章说:你虽年轻,但作用宏大,身系天下安危、民生休戚,故不可不谨慎。末章则进一步指出:我王珍爱重视你,你必获大用,因此作诗对你竭力劝谏。

本诗是完全叠咏体,五章叠咏,将作者的主张反复申说,"每章言愈切而意愈深"(方玉润《诗经原始》)。诗人用劝诫的语气,步步深入地揭露了统治集团的欺诈、暴虐、丑恶、昏聩的面目,对人民的劳苦与忧愁表示深切的同情。诗词没有直接指责周王,只是谆谆告诫执政者要修明政治,安民防奸,近贤修德,并对其寄予厚望,充分表达了诗人言切意深的良苦用心。

源自本诗的成语

"柔远能迩",谓安抚亲善远近之人使他们归附。用例:唐朝柔远能迩的政策,使除了北面以外的边境一片安宁。

3. 墙有茨(鄘风)

原文　　译文

(一)

原文	译文
墙有茨,[1]	墙头长满蒺藜,
不可扫也。[2]	不可将它扫掉。
中冓之言,[3]	宫内淫秽丑话,
不可道也。[4]	不可向人说道。
所可道也,[5]	如可向人说道,
言之丑也。	说来丑恶无聊。

(二)

原文	译文
墙有茨,	墙头长满蒺藜,
不可襄也。[6]	不可将它攘除。
中冓之言,	宫内淫秽丑话,
不可详也。[7]	不可向人详述。
所可详也,	如可向人详述,
言之长也。[8]	说来难以打住。

(三)

原文	译文
墙有茨,	墙头长满蒺藜,
不可束也。[9]	不可将它扫光。
中冓之言,	宫内淫秽丑话,
不可读也。[10]	不可反复言讲。
所可读也,	如可反复言讲,

言之辱也。　　说来羞耻难当。

注释

[1]茨(cí):一年生草本植物,即蒺藜。果实有刺,古人常把它种在墙头,以防盗贼。以上两句以墙茨不可扫起兴,暗示内丑不可外扬。下两章首二句同此。

[2]扫:扫除。

[3]薵(gòu):通"构"。中薵:指宫中结构深密隐奥之处。此处犹言"宫廷内部"。中薵之言:指宫内行肮脏淫秽之事时所说的丑话。一说:薵通"冓"。夜。中薵之言:夜中阴私之言。一说:薵通"垢"。污垢,诟耻。中薵之言:内室诟耻之言。

[4]道:谈论,讲说。

[5]所:若,如。

[6]襄:通"攘"。攘除,除去。

[7]详:细说。

[8]长:指说来话长,一言难尽。

[9]束:捆,捆束。此处意谓"打扫干净"。《毛传》:"束而去之。"

[10]读:公开说出,反复地说。

导读

《墙有茨》是一首揭露卫国宫廷内部淫乱无耻的讽刺诗。三章,章六句。

根据《左传》记载,卫宣公死后,由惠公即位,因为他年少,齐人便与他的庶兄公子顽合谋,使顽与宣公夫人、惠公之母宣姜私通,连生五个孩子。当时人们对这种荒淫无耻的乱伦行为极度厌恶,便作了这首诗讽刺他们。

全诗三章叠咏,每章的文字相差不大,但反复咏唱,诗意由之层层递进,逐步加深。每章前两句都是比兴句,兼有发端与比喻的双重作用。古人于墙头种茨,以防闲内外。诗人以墙茨"不可扫"、"不可襄"、"不可束",兴比宫内的丑事不可外扬。"扫"、"襄"、"束"都有"除去"的意思,但程度逐步加深。王先谦说:"束是总集之义,总聚而去之,言其净尽也,较扫、襄义又进。"(《诗三家义集疏》)每章三、四句,是说宫中那些肮脏淫秽的丑话"不可道"、"不可详"、"不可读",诗意层层递进。胡承珙说:"盖道者,约言之;详者,多言之;读者,反覆言之。诗意盖谓约言之尚不可,况多言之乎?况反覆言之乎?三章自有次第。"(《毛诗后笺》)每章的最后以假设句式指出,那些淫秽之语，丑陋不堪，一言难尽，说起来将令人感到非常羞耻。诗中对那些丑话没有具体的描述，只是点到为止，给读者留下了意味深长的想象空间。

源自本诗的成语

“中冓之言”，谓内室里的私房话。多指有伤风化、涉及性行为的丑话。用例：这些中冓之言你听见了也应该当作没听见，怎么还外传？

4. 相鼠（鄘风）

原文	译文
（一）	
相鼠有皮，[1]	看那老鼠尚有皮，
人而无仪！[2]	做人却不讲威仪！
人而无仪，	做人若不讲威仪，
不死何为？[3]	为了什么还不死？
（二）	
相鼠有齿，	看那老鼠尚有齿，
人而无止！[4]	做人却不重容止！
人而无止，	做人若不重容止，
不死何俟？[5]	还等什么不去死？
（三）	
相鼠有体，[6]	看那老鼠尚有体，
人而无礼！[7]	做人却不懂礼义！
人而无礼，	做人若不懂礼义，

胡不遄死？[8]　　为何还不赶快死？

注释

[1]相(xiàng)：看，审视。一说：相鼠是一种老鼠的名称。

[2]仪：威仪。指仪容端庄，有风度。《孔疏》：“人有皮，鼠亦有皮，鼠犹无仪，故可耻也，人无礼仪，何异于鼠乎？”

[3]何为：“为何”的倒文。为什么。

[4]止：容止。指行为举止符合道德规范。

[5]俟(sì)：等待。何俟：等待什么。

[6]体：肢体。一说：身体，形体。

[7]礼：礼义。指待人接物知礼仪，有教养。

[8]胡：何，为什么。遄(chuán)：速，快。

导读

《相鼠》是一首卫国人民讽刺卫国统治阶级暗昧无耻、不守礼法的诗。三章，章四句。

据史籍所载，卫国历史上在位者卑鄙龌龊的事很多，如乱伦通奸、父子反目、兄弟相残……卫国人民对此深恶痛绝，用诗歌对统治阶级的荒淫无耻进行了无情的揭露与辛辣的讽刺。

全诗三章叠咏，意义上各章平列，反复咏唱的是同一个意思：老鼠有皮、有齿、有体，而无礼仪，故可耻；你是个人，如果不讲威仪、不重容止、不懂礼义，而徒有躯体，则何异于鼠？既然这样，活着就没有意义，不如早点死去！三章中的“皮”、“齿”、“体”都是老鼠躯体的一部分；“仪”、“止”、“礼”，意义相近相通，都属于古代统治阶级所制定的符合其整体利益的行为准则。这几个词语的变换，是为了避复和叶韵，使诗句重复咏唱时语言生动活泼，且更具韵律美。三章反复咏唱，表达了对统治者强烈的憎恨与厌恶之情。

本诗艺术上最大的特色是以“鼠”起兴作比。老鼠丑陋狡黠、偷窃成性，非常可恶，令人不齿。《诗经》中写到“鼠”的诗，如《召南·行露》、《魏风·硕鼠》、《豳风·七月》、《小雅·斯干》等，无不把鼠作为训斥或驱赶的对象。本诗将贪得无厌、龌龊卑污的统治者比作老鼠，十分生动贴切。对满口仁义道德，实际上却寡廉鲜耻的统治者的讽刺，可谓淋漓痛快，入木三分。

《相鼠》一诗，深刻揭露了反动统治阶级所宣扬的“礼义”的虚伪性、反动性，反映了我国人民反对荒淫无耻，崇尚文明礼貌的优良传统，有其深刻的现实意义。

源自本诗的成语

“相鼠之刺”，借指对寡廉鲜耻、不讲礼义之人的讽刺。用例：人唯有礼，庶可免相鼠之刺；若徒能言，夫何异禽兽之心。（明·程允升《幼学琼林·鸟兽》）

5. 伐檀（魏风）

原文　　译文

（一）

原文	译文
坎坎伐檀兮，[1]	坎坎声中伐檀树啊，
置之河之干兮，[2]	把它堆在河岸边啊，
河水清且涟猗。[3]	河水清清漾波澜啊。
不稼不穑，[4]	不耕种来不收割，
胡取禾三百廛兮？[5]	为何取粮三百廛啊？
不狩不猎，[6]	不出狩来不打猎，
胡瞻尔庭有县貆兮？[7]	为何庭院挂满貆啊？
彼君子兮，[8]	你们这些君子们啊，
不素餐兮！[9]	从来不是白吃饭啊！

（二）

原文	译文
坎坎伐辐兮，[10]	砍伐檀木制车辐啊，
置之河之侧兮，[11]	把它码在河边上啊，
河水清且直猗。[12]	河水清清直流淌啊。

不稼不穑，
胡取禾三百亿兮？[13]
不狩不猎，
胡瞻尔庭有县特兮？[14]
彼君子兮，
不素食兮！[15]

不耕种来不收割，
为何取粮三百仓啊？
不出狩来不打猎，
为何猎物挂满梁啊？
你们这些君子们啊，
从不白把饭食尝啊！

（三）

坎坎伐轮兮，
置之河之漘兮，[16]
河水清且沦猗。[17]
不稼不穑，
胡取禾三百囷兮？[18]
不狩不猎，
胡瞻尔庭有县鹑兮？[19]
彼君子兮，
不素飧兮！[20]

砍伐檀木制车轮啊，
把它屯在河之滨啊，
河水清清泛波纹啊。
不耕种来不收割，
为何取粮三百囤啊？
不出狩来不打猎，
为何庭院挂鹌鹑啊？
你们这些君子们啊，
从来不是白食飧啊！

注释

[1]坎坎：伐木声。檀：檀树。木质坚硬，可以用来制车轮或车轴。

[2]置：放，搁。干：涯岸，水边。

[3]涟：水面上因风而起的连锁状波纹。猗（yī）：助词。用同“兮”。

[4]稼：耕种。穑（sè）：收获。稼穑：泛指农业劳动。

[5]胡：何，为什么。禾：庄稼，黍稷稻麦等粮食作物的总称。三百：形容数量多，不是确数。下同。廛（chán）：一百亩田。古代一个成年男子所耕种的田。一说：一家所居的房地。三百廛，犹“三百户”。

[6]狩（shòu）：冬天打猎。猎：晚上打猎。“狩猎”，泛指打猎。

[7]瞻：看到。尔：你。指贪鄙的剥削者，即上文的“不稼不穑”、“不狩不猎”之人。庭：庭院。县：同“悬”。悬挂，挂着。貆（huán）：猪獾。一种小兽。

[8]君子：与上文的“尔”都是指的同一个人。

[9]素餐：白吃，不劳而食。

[10]辐：车轮中凑集于中心毂上的直木条。伐辐：指伐檀木为辐，承上“伐檀”而言。下章“伐轮”仿此。

[11]侧：旁边。此指河边。

[12]直：指水流平直，直波。

[13]亿：高亨《诗经今注》：“亿，周代十万为亿，此指粮食之多。又解：‘亿’与‘庾’一音之转。粮谷堆在场上为庾。”“亿”与“庾”音义相通，指露天的谷堆，亦泛指粮仓。

[14]特：三岁之兽。泛指大兽。

[15]素食：与“素餐”同义。

[16]漘(chún)：水边。

[17]沦：水面的微波。

[18]囷(qūn)：圆形谷仓。今称为“囤”。

[19]鹑(chún)：鹌鹑。

[20]飧(sūn)：熟食。泛指饭食。素飧：与“素餐”、“素食”同义。

导读

《伐檀》是一首劳动者讽刺剥削阶级不劳而获的诗。三章，章九句。

首章九句，可分三层来理解。前三句为第一层，写伐檀造车的艰苦劳动。“坎坎”是拟声的重言词，檀木坚硬，斧头砍伐时，铿然作响。伐木者在阵阵砍伐声中，砍倒檀树然后堆放在水流清澈、微波荡漾的河岸边。接下四句反诘排比句，严厉地责问剥削者：你们不耕种不收割，为什么粮食装满仓？不出狩不打猎，为什么庭院挂满猎物？这既是责问，也是思考。这是第二层。章末“彼君子兮，不素餐兮”两句是第三层。这两句讽刺反语是说：你们这些君子们，都是尸位素餐的寄生虫。表达了对剥削者的寄生生活强烈的憎恨和辛辣的嘲讽。

第二、三章与首章诗意相同。三章中的“坎坎伐檀”、“坎坎伐辐”、“坎坎伐轮”，互文见义。车辐、车轮均指代车(以部分代整体)，“檀”、“辐”、“轮”互相补充，三句的意思均是伐檀而造车。“貆”、“特”、“鹑”泛指各种大小猎获物。“干”、“侧”、“漘”，“涟”、“直”、“沦”，“三百廛”、“三百亿”、“三百囷”，“餐”、“食”、“飧”，分别义同或义近。三章复沓，反复咏唱，除了在内容上互相补充以外，还使对剥削者的憎恨之情步步深化，增强了抒情效果，更有力地表达了伐木者的反抗情绪，进一步加深了诗篇所要表现的主题。

《伐檀》三章都是赋体，在语言上的主要特点，是各种句型杂用，句型参差变化，在表达上活泼自然，显示出错落有致的形式美。全诗三章，首章九句，句型排列为五、六、六、四、七、四、八、四、四，形式活泼，使诗人感情得以自由而充分地抒发，正如戴君恩所谓“忽而叙事，忽而推情，忽而断制，羚羊挂角，无迹可寻”（《读诗臆评》）。第二、三章的句型和首章一样，只分别更易了六个字，而反复咏唱，所以就全诗来说，又是有一定的整齐格式。

源自本诗的成语

“不稼不穑”，谓不种庄稼，也不收割。泛指不从事农业生产劳动。用例：原来的承包户“不稼不穑”，每亩可得租金550元。（《人民日报》2002年8月2日《浙江农村土地流转问题调查》）

“尸位素餐”，此成语源自《伐檀》与《尚书·五子之歌》。《尚书·五子之歌》有云：“太康尸位以逸豫。”尸位：如尸之居位，只需享祭而不做事，喻指空占职位而无所作为。“尸位素餐”谓空占职位，白受俸禄，不做事情。用例：除了尸位素餐的官吏、坐领干薪的蠹虫及游手好闲的纨绔子弟外，大概都不能和办事绝缘。（邹韬奋《办事上需要的几个条件》）

也用来谦称自己未尽职责。用例：倘大人看我可为公子之师，情愿附骥，自问也不至于尸位素餐，误人子弟。（清·文康《儿女英雄传》第十八回）

6. 硕鼠（魏风）

原 文	译 文
（一）	
硕鼠硕鼠，[1]	大老鼠啊大老鼠，
无食我黍！[2]	别再偷吃我的黍！
三岁贯女，[3]	多年辛苦侍奉你，

莫我肯顾。[4]	你却对我不照顾。
逝将去女，[5]	发誓定要远离你，
适彼乐土。[6]	去到那边的乐土。
乐土乐土，	那乐土啊那乐土，
爰得我所。[7]	才是我的安乐处。

（二）

硕鼠硕鼠，	大老鼠啊大老鼠，
无食我麦！	别再偷吃我的麦！
三岁贯女，	多年辛苦侍奉你，
莫我肯德。[8]	你却对我不感戴。
逝将去女，	发誓定要远离你，
适彼乐国。	去那乐国免受害。
乐国乐国，	那乐国啊那乐国，
爰得我直。[9]	是我安乐处所在。

（三）

硕鼠硕鼠，	大老鼠啊大老鼠，
无食我苗！[10]	别再偷吃我的苗！
三岁贯女，	多年辛苦侍奉你，
莫我肯劳。[11]	你却对我不慰劳。
逝将去女，	发誓定要远离你，
适彼乐郊。	去到那边的乐郊。
乐郊乐郊，	那乐郊啊那乐郊，
谁之永号！[12]	有谁还会长哭号！

注释

[1]硕（shuò）：大。

[2]无：通“毋”。不要，别。黍：糜子，今名小米。

[3]三岁：泛指多年。“三”是虚数，非实数。贯：侍奉，服事。女：通“汝”。你。

[4]莫：不。顾：顾念，照顾。这句是“莫肯顾我”的倒文，下文的“莫我肯德”、“莫我肯劳”同此。

[5]逝：通“誓”。发誓。去：离开。

[6]适：往，到……去。乐土：指诗人想象中的可以安居乐业的地方。下文的“乐国”、“乐郊”同此。

[7]爰：乃，于是。所：处所。

[8]德：此处用作动词。指感德，感激。

[9]直：通“职”。处所。一说：通“值”。价值。

[10]苗：禾苗。此处指粮食。

[11]劳(lào)：慰劳，慰问。

[12]之：助词。起舒缓语气的作用。永：长，久。号(háo)：喊叫，号哭。

导读

《硕鼠》是一首表达农民对统治者沉重剥削的愤恨和对美好社会的向往的诗。三章，章八句。

全诗三章，重章叠咏，每章意思基本相同。每章前四句是揭露统治者不劳而获、贪婪残酷的丑恶本性。诗人将统治者比作可憎的大老鼠，以愤慨的语言对统治者的恶行进行了无情的揭发与尖锐的嘲讽：大老鼠啊大老鼠，别再偷吃我们的黍，别再偷吃我们的麦，别再偷吃我们的苗，我们侍奉了你多年，而你却不肯给我们照顾体恤，对我们也不感恩戴德，也从没慰问犒劳过我们。每章后四句是写农民对美好社会的向往与追求。对于统治者愈来愈重的剥削，农民再也无法忍受，终于对统治者发出反抗的心声：我们发誓要离开你，去寻找可以安居乐业的“乐土”、“乐国”、“乐郊”。到了那里，有谁还会为生活的艰辛而长吁短叹呢？当然，在当时的社会制度下，这不过是一种不能实现的美丽幻想，但真实反映了农民对美好生活的憧憬和对黑暗社会的反抗意识。

《硕鼠》是《诗经》中少有的纯用比体的诗篇之一。诗中将贪婪的统治者比喻成人人厌憎的“硕鼠”，非常贴切、生动，容易引起读者的共鸣与同情，增强了诗的感染力和说服力。现实主义与浪漫主义结合的创作方法，使《硕鼠》成为了思想性、艺术性都很高的杰出诗篇。

后世的诗歌创作中，不乏用硕鼠比喻横征暴敛的贪婪官吏的诗篇，如：鲍照《代白头吟》："食苗实硕鼠，点白信苍蝇。"陈汝元《金莲记·释愤》："朝堂上嫁毒枭鸱，仕途中阴爻硕鼠。"黄遵宪《台湾行》："眈眈无厌彼硕鼠，民则何辜罹此苦？"显然，这些诗作都是受到了《硕鼠》的影响。

7. 黄鸟（秦风）

原文 / 译文

（一）

原文	译文
交交黄鸟，[1]	黄鸟交交叫，
止于棘。[2]	枣树梢上栖。
谁从穆公？[3]	谁殉穆公葬？
子车奄息。[4]	子车氏奄息。
维此奄息，[5]	就是这奄息，
百夫之特。[6]	能与百人匹。
临其穴，[7]	临近那墓穴，
惴惴其慄。[8]	恐惧身战栗。
彼苍者天，[9]	老天爷哪老天爷，
歼我良人！[10]	杀我好人怎不理！
如可赎兮，[11]	如可赎回他的命，
人百其身。[12]	愿死百次把他替。

（二）

原文	译文
交交黄鸟，	黄鸟交交叫，
止于桑。	落在桑树上。
谁从穆公？	谁殉穆公葬？

子车仲行。	子车氏仲行。
维此仲行,	就是这仲行,
百夫之防。[13]	能把百人当。
临其穴,	临近那墓穴,
惴惴其慄。	战栗心恐慌。
彼苍者天,	老天爷哪老天爷,
歼我良人!	杀我好人怎不挡!
如可赎兮,	如可赎回他的命,
人百其身。	愿死百次来抵偿。

(三)

交交黄鸟,	黄鸟交交叫,
止于楚。[14]	栖止在荆树。
谁从穆公?	谁殉穆公葬?
子车鍼虎。	子车氏鍼虎。
维此鍼虎,	就是这鍼虎,
百夫之御。[15]	能把百人御。
临其穴,	临近那墓穴,
惴惴其慄。	战栗心恐惧。
彼苍者天,	老天爷哪老天爷,
歼我良人!	杀我好人怎不顾!
如可赎兮,	如可赎回他的命,
人百其身。	愿死百次把难赴。

注释

[1]交交:鸟鸣声。黄鸟:黄雀。

[2]止:停留。棘:酸枣树。

[3]从:跟随。此指从死,即殉葬。穆公:姓嬴,名任好,秦国国君,公元前659—

621 年在位，为春秋五霸之一。

[4]子车奄息：秦国大夫。“子车”是姓氏，“奄息”是名字。与下文“子车仲行(háng)”、“子车鍼(qián)虎”为兄弟。

[5]维：助词。

[6]百夫：一百个男子。特：匹敌。

[7]临：从高处朝向低处，走近。穴：墓穴。

[8]惴(zhuì)惴：恐惧的样子。慄：战栗，由于恐惧而颤抖。《鲁诗》作“栗”。

[9]彼苍者天：人们痛苦悲愤而发出的呼天之语，犹今语“老天爷哪”。

[10]歼：消灭，灭绝。良人：善人，好人。

[11]赎：换回，替换。

[12]人百其身：死上一百次来赎他一命。一说：用一百人来赎他一人。

[13]防：比得上，相当。

[14]楚：一种小灌木。又名荆。

[15]御：抵挡，相当。

导读

《黄鸟》是秦国人民痛悼“三良”的挽诗。三章，章十二句。

关于此诗的背景及主题，史书中多有记载。《毛诗序》云：“《黄鸟》，哀三良也。国人刺穆公以人从死，而作是诗也。”《左传·文公六年》记载：“秦伯(穆公)任好卒，以子车氏之三子奄息、仲行、鍼虎为殉，皆秦之良也。国人哀之，为之赋《黄鸟》。”《史记·秦本纪》亦载其事：“缪(穆)公卒，葬雍。从死者百七十七人，秦之良臣子舆(车)氏三人名曰奄息、仲行、鍼虎，亦在从死之中。秦人哀之，为作歌《黄鸟》之诗。”诗歌通过对三良的哀悼，揭露和抨击了暴君的罪行和野蛮的殉葬制度。

全诗共三章。首章悼惜奄息，可分三层。前四句以黄鸟的悲鸣兴起子车奄息被殉之事，渲染出一种悲哀、凄凉的气氛，为全诗的主旨定下了哀伤的基调。中间四句为第二层。先用“百夫之特”来盛赞奄息才德出众，而“临其穴，惴惴其慄”两句，描绘他临近墓穴时浑身颤抖的情状，令人惨不忍睹，衬托出以人殉葬制度的惨绝人寰和冷酷可怕。末四句为第三层。国人亲见奄息被活埋殉葬，悲苦无告，只好呼天抢地，疾声大喊：老天爷啊，你为何要“歼我良人”！若可替换，人们愿以百死来赎回他的生命。反映了秦人对奄息的深切同情和对统治者以人殉葬暴行的极度愤恨。

第二章悼惜仲行，第三章悼惜鍼虎，结构与首章一样，只是更改了几个字。三章叠咏，反复对罪恶的殉葬制度进行了斥责和控诉。

这首诗所反映的殉葬的恶俗，并非从秦开始，春秋时代各国都有，后来竟相沿成习。《墨子·节葬篇》云："天子杀殉，众者数百，寡者数十；将军大夫杀殉，众者数十，寡者数人。"据《史记》所载，秦始皇死后，其后宫妇女几乎全部殉葬；营造皇陵的工匠，也通通被活埋。据统计，这些宫女和工匠当"计以万数"。这种制度，直到元、明、清各代，还时有发生。

这首诗对后代诗歌的创作，有较大的影响。从《黄鸟》以后，以"三良"为题材吟唱的诗作历代不断，如曹植的《三良诗》、陶渊明的《咏三良》、柳宗元的《咏三良》等，后代也有不少以此题材凭吊"三良"的作品。由于作家所处的时代和个人品格的不同，这一题材在世代传承中一再被改造，其主题的发展或深化、或异化，反映出诗歌的创作有"通"、有"变"，在传承中不断创新。还值得一提的是其夸张的修辞。秦人痛惜三良死于残酷的殉葬制度，不禁呼天曰："如可赎兮，人百其身。"表示情愿死一百次来赎回三良的性命。《离骚》"亦余心之所善兮，虽九死其犹未悔"，显然是由"如可赎兮，人百其身"发展而来的。

源自本诗的成语

"惴惴不安"，形容因害怕或担忧而心神不安。用例：旧历端阳节终于在惴惴不安中过去了。（茅盾《子夜》）

"百身莫赎"，谓即使让自己身死一百次，也换不回死者的生命。表示对死者的极度哀悼。也写作"百身何赎"。用例：一颗天才的巨星在我的身边陨落了，由此所带来的空虚，谁来填补？真是百身莫赎，无法弥补的啊。/等他赶回家，母亲已去世三日，他悲痛至极，真有百身何赎之感。

也用以形容人的罪恶深重，让他死去百次也无法抵偿自己的罪孽。用例：然而，少年时期的爱恨恩怨，却数十年纠结于心中久久不散，兴许，还将陪同他们的余生，有恨者怀怨终身，有罪者百身莫赎。

五、史诗

史诗是反映一个民族具有重大意义的历史事件和英雄事迹的诗篇。《诗经》中主要有五篇周民族的史诗，它们是《大雅》中的《大明》、《绵》、《皇矣》、《生民》、《公刘》。这些诗篇歌颂了商周民族的光荣历史和祖先创业的伟大功绩。

1. 生民(大雅)

原文	译文
（一）	
厥初生民，[1]	当初生下周人祖先，
时维姜嫄。[2]	是那姜嫄姓有邰氏。
生民如何？	周人是怎样诞生的？
克禋克祀，[3]	她去郊外祭祀上天，
以弗无子。[4]	求神赐子以免无嗣。
履帝武敏歆，[5]	踩了上帝足迹大趾，
攸介攸止。[6]	心有所感独居休息。
载震载夙，[7]	怀有身孕生活恭谨，
载生载育，[8]	生下孩儿殷勤养育，
时维后稷。[9]	孩儿就是先王后稷。
（二）	
诞弥厥月，[10]	姜嫄怀胎已满十月，

先生如达。[11]	头胎分娩十分顺畅。
不坼不副，[12]	产门没有一点破裂，
无灾无害，[13]	无灾无害母子健康，
以赫厥灵。[14]	显示灵异不同寻常。
上帝不宁，	上帝莫非心不安宁，
不康禋祀？[15]	没有安然受我祭享？
居然生子。[16]	徒然让我生此儿郎。

（三）

诞置之隘巷，[17]	于是将他弃置小巷，
牛羊腓字之。[18]	牛羊来哺育与护庇。
诞置之平林，[19]	又将他弃置在平林，
会伐平林。[20]	正逢人伐木被救起。
诞置之寒冰，	再将他弃置寒冰上，
鸟覆翼之。[21]	有大鸟覆翼来遮蔽。
鸟乃去矣，	大鸟终于离他而去，
后稷呱矣。[22]	后稷这才呱呱哭啼。
实覃实訏，[23]	他的哭声又长又大，
厥声载路。[24]	声满道路使人惊异。

（四）

诞实匍匐，[25]	生下不久就会爬行，
克岐克嶷。[26]	年幼早熟懂事聪明。
以就口食，[27]	稍大就能自求口食，
艺之荏菽。[28]	不久就把大豆播种。
荏菽旆旆，[29]	大豆长得枝叶繁茂，
禾役穟穟，[30]	行行禾粟嘉穗重重，

麻麦幪幪，[31]	麻麦一片多么茂密，
瓜瓞唪唪。[32]	大瓜小瓜果实丰盛。

（五）

诞后稷之穑，[33]	后稷种植五谷禾稼，
有相之道。[34]	自有助其生长之道。
茀厥丰草，[35]	拔除田中茂密杂草，
种之黄茂。[36]	播种谷物良种选好。
实方实苞，[37]	禾苗吐芽长得茂盛，
实种实褎。[38]	生出短苗渐渐长高。
实发实秀，[39]	禾茎发节扬花吐穗，
实坚实好。[40]	灌浆饱满成色也好。
实颖实栗，[41]	禾穗沉沉没有秕谷，
即有部家室。[42]	定居部地后稷安好。

（六）

诞降嘉种，[43]	上天降赐优良谷种，
维秬维秠，[44]	有两种黑黍秬和秠，
维穈维芑。[45]	还有那赤穈和白芑。
恒之秬秠，[46]	秬子秠子遍地种上，
是获是亩。[47]	收割庄稼堆垛田里。
恒之穈芑，	赤穈白芑遍地种上，
是任是负。[48]	担着背着运回家里。
以归肇祀。[49]	归来开始祭祀上帝。

（七）

诞我祀如何？[50]	我们祭祀如何进行？
或舂或揄，[51]	有人舂谷有人舀米，

或簸或蹂。[52]	有人搓米有人扬糠。
释之叟叟，[53]	淘米洗糠叟叟声响，
烝之浮浮。[54]	蒸饭热气浮浮上扬。
载谋载惟，[55]	筹备祭祀大家谋划，
取萧祭脂。[56]	萧脂合烧气味芬芳。
取羝以軷，[57]	出祭路神公羊为牲，
载燔载烈，[58]	烧肉烤肉供神安享，
以兴嗣岁。[59]	祈求来年吉庆兴旺。

（八）

卬盛于豆，[60]	我把祭品盛于豆中，
于豆于登，[61]	既有木豆还有瓦登，
其香始升。	祭品香气冉冉上升。
上帝居歆，[62]	上帝安然享受祭祀，
胡臭亶时。[63]	浓郁芳香实属上乘。
后稷肇祀，[64]	后稷开创祭祀之礼，
庶无罪悔，[65]	幸而没有获罪于天，
以迄于今。[66]	以至于今代代因承。

注释

[1]厥初：其初，当初。民：人。此指周人的始祖后稷。

[2]时：是，此。维：助词。姜嫄（yuán）：《韩诗》作“姜原”。古代传说中周始祖后稷之母。她可能是原始社会有邰氏部落的一位女酋长。

[3]克：能。禋（yīn）祀：古代祭天的一种典礼。祭于郊外，祭时用火烧牲，使烟气上冲于天。一说：祀禖（méi）于郊。禖是主生子之神。

[4]弗：通“祓（fú）”。祓是除去不祥的祭祀。“祓无子”就是除去无子的不祥，即求有子。

[5]履：践踏，踩。帝：上帝。武：足迹，脚印。敏：通“拇”。脚的大趾。“武敏”就是足迹的大趾。歆：感动，心有所感的样子。

[6]攸:助词。介:通“愒”。休息。止:止息。这句是说祭祀后休息。

[7]载:助词。震:通“娠(shēn)”。怀孕。夙:肃敬。指怀孕期间生活肃敬恭谨。

[8]生:分娩。育:哺育。

[9]时:是,此。维:助词。后稷:姓姬,名弃。周人始祖。传说他在尧舜时代曾任主管农事的后稷之官,故后人又称之为后稷。

[10]诞:助词。弥:满。厥:助词。弥厥月:指满了怀孕应有的月数。

[11]先生:初生,头一次生。指第一胎。如:而。达:滑利,顺畅。这句是说头胎儿很顺利地出生。

[12]坼(chè):裂开。副(pì):破裂。这句是说生产顺利,产门没有破裂。

[13]灾:灾害。这句是说姜嫄生产时很平安,没有灾害。

[14]赫:显示。灵:灵异。这句是说上述的情况显得很灵异。

[15]宁、康:安宁,安乐。这两句是姜嫄产后的惊疑之词。

[16]居然:徒然。因无人道而生子,不敢养育,所以为徒然。朱熹《诗集传》:“上帝岂不宁乎?岂不康我之禋祀乎?而使我无人道而徒然生是子也。”

[17]置:搁,放,弃置。隘:狭窄。

[18]腓(féi):庇护。字:哺乳,养育。

[19]平林:平原上的树林。

[20]会:适逢,正值,恰好碰上。这句是说适逢有人来伐林木,不便弃置后稷。

[21]鸟覆翼之:大鸟来,张翼覆盖和托垫他。《毛传》:“大鸟来,一翼覆之,一翼藉之。”后以“覆翼”为遮蔽、保护。

[22]呱(gū):婴儿的啼哭声。

[23]实:是,这样。覃(tán):长。讦(xū):大。

[24]厥:其。指后稷。载:满,充满。这两句是说后稷的哭声又长又大,充溢于道路之上。

[25]匍匐(pú fú):手足着地爬行。

[26]岐:开始懂事,能分辨事物。嶷(nì):年幼聪慧,能识别事物。《说文》:“嶷,小儿有知也。”《毛传》:“岐,知意也。嶷,识也。”这句是说后稷幼时聪慧,能有所识别。

[27]就:求,寻求。口食:食物。

[28]艺:种植。荏(rěn)菽:大豆。

[29]旆(pèi)旆:枝叶茂盛的样子。

[30]役:排成行列。穟(suì)穟:禾穗下垂的样子。

[31]幪(měng)幪:茂盛的样子。

[32]瓞(dié):小瓜。唪(běng)唪:通“菶菶”。果实累累的样子。

[33]穑:稼穑,种植五谷。指从事农业生产。

[34]相(xiàng):辅助,帮助。道:方法。有相之道:有帮助庄稼生长的方法。

[35]茀(fú):拔除。丰:茂密,茂盛。

[36]黄茂:良种谷。一说:泛称五谷。

[37]实:是,这。方:禾苗吐芽生长。苞:茂盛。

[38]种(zhǒng):谷种生出短苗。褎(yòu):禾苗渐渐长高。

[39]发:禾茎发节。秀:禾初长穗。

[40]坚:谷粒灌浆饱满。好:谷粒均匀颜色正。

[41]颖:禾穗。此指禾穗下垂。栗:谷粒饱满,没有秕谷。

[42]即:就,往。有:助词。邰(tái):古地名,故城在今陕西省武功县西南。家室:意为居住。这句是说后稷到邰地定居。

[43]降:赐予,给予。此指天赐。

[44]秬(jù):黑黍。秠(pī):黍的一种。一个壳里有两颗米。

[45]糜(mén):谷的一种,初生时叶纯赤,生三四叶后,赤青相间,七八叶后,色始纯青。芑(qǐ):谷的一种。初生时苗色微白。

[46]恒(gèng):通“亘”。遍,满。

[47]是:助词。获:收割庄稼。亩:将收割的庄稼堆放在田里。

[48]任:担在肩上。负:背在背上。

[49]以:而。归:指将收割的庄稼运回家。肇(zhào):始,开始。祀:祭祀。

[50]我:后稷自称。《郑笺》:“我后稷之祀天如何乎?”

[51]或:代词。有的人。舂(chōng):用杵在臼中捣米。揄(yóu):通“舀”。舀取。

[52]簸:扬弃糠皮。蹂(róu):通“揉”。揉搓。指用手反复揉搓米粒,使糠皮和米分开。

[53]释:淘米。叟叟:淘米的声音。

[54]烝:同“蒸”。浮浮:蒸饭时热气腾腾的样子。

[55]载:助词。谋:计划,商量。惟:思考。

[56]萧:香蒿。脂:牛羊等的脂肪。古代祭祀时用香蒿和油脂合烧,取其香气。

[57]羝(dī):公羊。軷(bá):祭祀道路之神。这句是说取公羊为牲来行軷祭。

[58]燔(fán):把肉放在火上烧熟。烈:把肉贯穿起来架在火上烤熟。

[59]兴:兴旺。嗣岁:来年。这句是说祭祀是为了祈求来年的丰收。

[60]卬(áng):我。《郑笺》:“我后稷。”豆:古代一种木制高脚食器,盛肉食用。

[61]登:古代一种陶制的食器。

[62]居:安。歆:享受。

[63]胡:大。臭(xiù):气味。此指祭品的香味。亶(dǎn):诚然,实在。时:善,美好。

[64]肇祀:开创祭祀之礼。

[65]庶:幸而。罪悔:罪过。

[66]迄:至,到。《郑笺》:“后稷肇祀上帝于郊,而天下众民咸得其所,无有罪过也。子孙蒙其福,以至于今。”

导读

《生民》是一首关于周人始祖后稷的传说的史诗。八章,奇章章十句,偶章章八句。

《诗经》中记叙周人开国历史的史诗主要有五篇,《生民》是其中之一。姚际恒《诗经通论》说此诗是“述始祖后稷诞生之异,以及其播种百谷之功而肇修祀典也”。诗文叙述了后稷出生、成长的传奇经历,他对农业生产所作的巨大贡献以及教民稼穑、创立祀典的功绩。本诗以母系社会向父系社会过渡为历史背景,反映了周民族诞生和早期发展的历史,以及农业从畜牧业分离出来的第一次社会大分工的史实。

全诗八章,都是赋体。首章写姜嫄受孕的神异。本章介绍了后稷的家世,说他的母亲是有邰氏之女姜嫄。有一天,姜嫄去郊外行禋祀,不意踩了上帝足迹的大拇趾,心有所感而怀了孕。自此以后,她独居修养,生活恭谨。后来就生下了后稷。

第二章写后稷诞生时的神异。姜嫄怀胎足月后,胎儿生产非常顺利,产门没有破裂,母子也都健康。因后稷的诞生极不寻常,故姜嫄疑为不祥而惊恐不安。她以为上帝没有安享她的禋祀,徒然让她生下儿子。

第三章写后稷屡弃不死的神异。姜嫄在惊恐之中,忍痛将异常的婴儿遗弃。先弃之小巷,却有牛羊跑来用乳汁哺育他;继而弃之树林,却遇伐木人将他救出;最后弃之寒冰,又有大鸟飞来用羽翼遮庇他。大鸟离去后,大难不死的后稷,终于哭出声来,声音十分洪亮有力。

第四章写后稷与生俱来的农艺才能。后稷自幼聪颖异常,稍大就能自求口食,会种植各种农作物。他具有农艺的天赋才能,所种植的作物都能获得丰收:他种上大豆,大豆生长茂盛;种上禾苗,禾苗茁壮成长;种上麻麦,麻麦繁密肥实;种上瓜果,瓜果结实累累。

第五章写后稷有功于农业而受封于邰。后稷成人后更谙于农艺之道,他善选良种,勤除杂草。他种的谷物从发芽出苗,至扬花抽穗,至灌浆结实,每个环节无不生长良好,田野里一派丰收景象。后稷因艺农有功,遂受封于邰。

第六章写后稷丰收之后,创立祀典。后稷到邰定居后,教民稼穑。上天赐给了许多良种,有黑黍秬、秠,还有赤穈、白芑。后稷率民遍地种上这些作物。作物成熟后,后稷又率民收割、储藏。农事已毕,便开始举行祭祀大典。周人从此由游牧状态进入了定居艺农的生活

第七章写后稷率民准备祭品。后稷将行祀典,率民先准备祭品。大家分工合作,十分忙碌。舂米、舀米、搓米、簸米,各有其人;宰牛、杀羊、烧肉、烤肉,牺牲齐备。米饭蒸得热气腾腾,萧脂合烧香味浓浓。诚心准备祭祀,祈求来年好收成。

末章写后稷率民祭祀,祈求上天永远赐福。祭品已经备好,祀典开始举行。大家将祭品盛入木豆和瓦登。祭品的香气冉冉上升,这浓郁的芳香实在太美好了,上帝闻之欣然而享受。从后稷创立祭祀制度以来,幸而没有获罪于天的事,子孙蒙受其福。这个礼制世代相传,直到如今。

《生民》是一首篇幅较长的叙事诗,它既有神奇的故事情节,又有生动的人物形象,充满了神奇色彩和浪漫情调,步步引人入胜。全诗纯用赋法,结构严谨,层次清楚,在语言的运用上更具特色。一是使用了相当丰富的动词、形容词。如五章之"实方实苞,实种实褎。实发实秀,实坚实好。实颖实栗",用一系列丰富的形容词,形象地描绘了农作物不同阶段的生长情况,展现了一片丰收的景象。七章之"或舂或揄,或簸或蹂","舂"、"揄"、"簸"、"蹂"四个动词极其生动传神,将众民准备祭品的劳动场面生动地呈现在读者面前。二是众多重言词的使用。如四章之"艺之荏菽,荏菽旆旆。禾役穟穟,麻麦幪幪,瓜瓞唪唪",一连四个重言词,描绘农作物茂盛的长势、丰硕的果实,极为形象逼真。七章之"释之叟叟,烝之浮浮",使人仿佛听到"叟叟"的淘米声,仿佛看到蒸饭时腾腾上升的热气,让人有一种身临其境的感觉。重言词的使用,不仅使诗文更具表现力,也增强了诗的韵律感和音乐美。三是诗中有大量的重叠式的句式。如:"克禋克祀","攸介攸止。载震载夙,载生载育","不坼不副,无灾无害","实覃实订","克岐克嶷","实方实苞,实种实褎。实发实秀,实坚实好。实颖实栗","维秬维秠,维穈维芑","是获是亩","是任是负","或舂或揄,或簸或蹂","载

谋载惟”,“载燔载烈”等。这种句式有加强语气和节奏感的作用,也有利于表达强烈的思想感情。

总之,本诗以富有鲜明特色的生动形象的语言将一幅幅壮美的劳动画卷和幸福生活的图景呈现在读者面前,从而极大地增强了全诗的艺术感染力。

2. 公刘(大雅)

原文	译文
	(一)
笃公刘,[1]	忠诚厚道我公刘,
匪居匪康。[2]	不敢安居图受享。
迺埸迺疆,[3]	划分疆界治田地,
迺积迺仓。[4]	收割粮食贮庾仓。
迺裹糇粮,[5]	准备干粮包裹好,
于橐于囊。[6]	小橐大囊都盛装。
思辑用光。[7]	人民和睦国荣光。
弓矢斯张,[8]	张弓带箭武装好,
干戈戚扬,[9]	扛起干戈和戚扬,
爰方启行。[10]	开始启程徙远方。
	(二)
笃公刘,	忠诚厚道我公刘,
于胥斯原。[11]	豳地原野考察忙。
既庶既繁,[12]	跟随百姓已众多,
既顺迺宣,[13]	民心归顺情舒畅,
而无永叹。[14]	没有长叹没忧伤。

陟则在巘，[15]	时而登上小山顶，
复降在原。	时而下到平原上。
何以舟之？[16]	身上佩带有何物？
维玉及瑶，[17]	宝石美玉来装饰，
鞞琫容刀。[18]	佩刀玉鞘闪亮亮。

（三）

笃公刘，	忠诚厚道我公刘，
逝彼百泉，[19]	前往察看众水泉，
瞻彼溥原。[20]	瞻望广阔大平川。
迺陟南冈，[21]	登上南面高山冈，
乃觏于京。[22]	发现京师好地方。
京师之野，[23]	京师四野地开阔，
于时处处，[24]	可以安置长居住，
于时庐旅，[25]	远来暂住也能安，
于时言言，	有说有笑人欢畅，
于时语语。[26]	欢声笑语传四方。

（四）

笃公刘，	忠诚厚道我公刘，
于京斯依。[27]	京师之地来定居。
跄跄济济，[28]	群臣从容有威仪，
俾筵俾几。[29]	铺席设宴又摆几。
既登乃依，[30]	宾客入席已就坐，
乃造其曹。[31]	尊卑长幼定次序。
执豕于牢，[32]	圈里捉猪做佳肴，
酌之用匏。[33]	葫芦瓢儿作酒具。
食之饮之，[34]	公刘请吃又请喝，

君之宗之。[35]	推为领袖名不虚。

(五)

笃公刘,	忠诚厚道我公刘,
既溥既长。[36]	垦辟土地广又长。
既景迺冈,[37]	测完日影上山冈,
相其阴阳,[38]	山南山北勘察忙,
观其流泉。[39]	察看水源和流向。
其军三单,[40]	军队服役分三班,
度其隰原,[41]	勘查测量低湿地,
彻田为粮。[42]	开荒治田多种粮。
度其夕阳,[43]	再去丈量山西地,
豳居允荒。[44]	豳人居地真是广。

(六)

笃公刘,	忠诚厚道我公刘,
于豳斯馆。[45]	又在豳地建宫室。
涉渭为乱,[46]	驾舟横流渡渭水,
取厉取锻。[47]	采集砺石与锻石。
止基迺理,[48]	房屋基址已打好,
爰众爰有。[49]	居民众多物丰裕。
夹其皇涧,[50]	有人皇涧两岸住,
溯其过涧。[51]	有人面对过涧居。
止旅乃密,[52]	定居寄居人稠密,
芮鞫之即。[53]	便向水流曲岸移。

注释

[1]笃(dǔ):忠实厚道。公刘:后稷的后裔,周部族的首领。公是尊称,刘是名。

[2]匪:通“非”。不,不敢。居、康:都是安居的意思。这句是说公刘在邰不敢安居。

[3]迺:同“乃”。于是。陈奂谓全《诗》唯《绵》、《公刘》二篇中“迺”、“乃”杂用。(《诗毛氏传疏》)埸(yì):田的小界。疆:田的大界。此处都用作动词。指整治田地。

[4]积:在露天堆积粮食的地方。又名“庾”。仓:仓库。此处“积”、“仓”都用作动词。指把粮食都存储在庾仓中。以上都是叙述在邰地故居的事。

[5]裹:包装。糇(hóu):干粮。

[6]橐(tuó):无底的口袋。装物后,两头用绳扎住。囊:有底的口袋。都是裹粮的用具。

[7]思:助词。辑:和睦。用:以,而。光:光荣,显耀。

[8]斯:助词。张:设,准备好。

[9]干:盾牌。戈:平头戟。戚:斧。扬:大斧,亦名钺。

[10]爰:于是。方:开始。启行:动身,出发。

[11]于:助词。胥:察看,视察。斯:此,这。原:原野,宽广平坦的地方。此指豳地(今陕西旬邑西)的原野。

[12]庶、繁:都是众多的意思。指随公刘迁豳的人非常多。

[13]顺:顺从,归顺。指民心归顺。宣:舒畅。指民心舒畅。一说:遍。指住的普遍,到处有人住。

[14]永叹:长叹。

[15]陟:登上。巘(yǎn):小山。

[16]舟:通“周”。环绕、佩带。

[17]维:助词。瑶:似玉的美石。

[18]鞞(bǐng):刀鞘。琫(běng):刀鞘口部的玉饰。容刀:佩刀。这两句是说用玉、瑶来装饰鞞、琫,使佩刀美观。

[19]逝:往。百泉:众泉。指泉水众多的地方。

[20]瞻:望,视察。溥(pǔ):大。溥原:广大的原野。

[21]南冈:南面的山冈。

[22]覯(gòu):看见,发现。京:豳地名。当在南冈之下。

[23]师:都邑的通称。京师:即京邑。京师连称始见于此诗。

[24]时:通“是”。于时:于是。处(chǔ)处:居住,安居。

[25]庐旅:寄居,暂住。王力《古代汉语》:“‘庐旅’,疑原作‘庐庐’或‘旅旅’(依马瑞辰说)。处处、旅旅、言言、语语,都是动词复说,表示人民安居乐业,笑语欢乐的

情况。”

[26]言言、语语：指随公刘迁豳的人的欢声笑语。

[27]于：在。京：京师。斯：助词。依：安居。

[28]跄(qiāng)跄：步履从容有节的样子。济(jǐ)济：敬慎有威仪的样子。

[29]俾：使。筵：铺在地上的竹席。此处用作动词。铺席。几：古人席地而坐时可凭依靠的小桌。此处用作动词。设几。

[30]登：谓登席。依：谓凭几。既登乃依：已经登上筵席，靠着几。指就坐已毕。

[31]乃：于是。造：比次，排座次。指按照尊卑长幼的次序排定席位。曹：群，辈。指众宾。

[32]执：捉。豕(shǐ)：猪。牢：猪圈。

[33]酌：斟酒，喝酒。之：指众宾客。匏(páo)：葫芦。葫芦一剖为二，作酒器，称为“匏爵”。

[34]之：代词。指众宾客，即群臣。食(sì)之：请他们吃饭。饮(yìn)之：请他们喝酒。

[35]君之：以他为君主。宗之：以他为宗主。

[36]溥：广大。既溥既长：言土地开垦面积已很大。

[37]景(yǐng)：同“影”。日影。此处用作动词。指测日影，以定方向。冈：此处用作动词。指登上高冈。

[38]相：看，视察。阴：山的北面。阳：山的南面。

[39]观：观察，考察。流泉：水泉的流势。

[40]单：通“禅”。轮流替换。

[41]度(duó)：测量。隰(xí)原：地势低湿的原野。

[42]彻：治。彻田：开垦田地。为粮：生产粮食。

[43]夕阳：山的西面。《尔雅·释山》：“山西曰夕阳。”

[44]豳居：指豳人所居之地。允：实在，确实。荒：大，广大。

[45]馆：馆舍。此处用作动词。指修建房舍。

[46]渭：渭水。为：而。乱：横流而渡。

[47]厉：同“砺”。质地粗糙坚硬的磨石。锻：锤锻金属所用的砧石。

[48]止基：居处的基址。理：治理。

[49]爰：于是。众：人口众多。有：财物富有。

[50]皇涧：豳地涧名。

［51］过涧：涧名。溯：面对。

［52］止：居住。旅：寄居。密：繁密。

［53］芮（ruì）：通“汭”。水流边岸向内凹处。鞫（jū）：水流边岸向外凸处。即：就，往。

导读

《公刘》是一首叙述周人祖先公刘率领族人由邰迁豳的伟大功绩及其过程的史诗。六章，章十句。

公刘是后稷的后裔，大约生在夏末商初。周人本是游牧民族，从后稷开始，便在邰地以农业立国。后来因夏道衰微，为了避开夏桀的暴虐统治以及当时东方部落的侵扰，公刘率领部族迁徙到豳地。《公刘》一诗，形象地反映了这次迁徙的全过程，表达了周人对公刘功德业绩的怀念与追思。

全诗六章，从内容上可分为迁豳（第一章）、择地（第二、三章）、定居（第四、五、六章）三个层次。

第一章写公刘率族迁豳。公刘在邰地划分疆界，整治田地，发展生产，储备粮食，为迁徙奠定了坚实的物质基础。出发前夕，将途中所需干粮装满口袋；又命令士兵挽弓搭箭，扛起干戈斧钺等各种兵器，以防意外。一切准备就绪，于是开始向豳地进发。

第二章写公刘勘察地形的过程。一到豳地，公刘就忙于勘察豳地的原野。他时而登上山顶，时而下到平原，事必躬亲，不辞辛劳。随迁的百姓越来越多，大家都心情舒畅。视察中的公刘，身系美玉，腰挂镶嵌玉石的佩刀，展现了这位部族首领的美好形象。

第三章写公刘择地安民。此章承接上一章，写公刘在豳地视察平原、勘查水源，登上南面的冈陵，发现了“京”地，很适合居住，于是决定在此建造房舍，使民众得以安居下来。在这里居住的移民人口众多，民情欢洽。

第四章写公刘宴飨群臣。君民安定以后，公刘宴请群臣，借以加强部族的团结。威仪棣棣的群臣入席后，按尊卑长幼排定次序。吃饱喝足之后，族人推举公刘为领袖。

第五章写公刘整军治田。豳地已开垦的土地又广又长，但公刘没有歇止。他又忙于考察山南山北的地势，探明水源和流向，寻找适合耕稼的地方。他将军队分成三批，轮番服役，去测量地势低洼的平原，整治田亩，生产粮食。随后又再去勘测山西面的土地，以继续扩大耕地面积。

第六章写公刘营建定居。公刘率民在豳地营建城邑房舍，让人用船横渡渭水，采集优良石材。房屋建成，族人迁豳者先后相继，人口日益繁密，物产日益丰裕。皇涧和过涧周围都已住满了移民，陆续迁来的人，便让他们在水厓曲折之处居住。经过一番经营，公刘率族人在豳地正式定居，公刘之国已初具规模。

《公刘》一诗，形象地描绘了周人在公刘的带领下，自邰迁豳艰难创业的全过程，完美地塑造了公刘这位领袖人物的英雄形象。全诗是按照时间顺序来叙述的，但每章都以"笃公刘"起首，突出了公刘忠厚的品德，表达了周人对公刘的爱戴赞美之情。这种感情反复地表达，使各章从不同层面对公刘的歌颂有了共同的感情基础，使各章内容紧密相连，全诗浑然一体。

从全诗的内容来看，除了个人的品德以外，公刘还具备了领袖人物的很多特质。

公刘目光远大，具有开拓进取的精神。在邰地本可以定居下来，但他"匪居匪康"，不敢安居，而是要远徙豳地，开拓疆土，以成就更大的事业。

公刘有很强的组织能力和很高的领导艺术。从邰地出发之前，他进行了周到细致的准备。既到之后，又不辞劳苦，率先垂范，事无巨细，莫不躬亲。

公刘继承后稷之业，重视发展农业生产。公刘深知农业是立国之本，在邰地时就注意修治田亩，囤积粮食。甫到豳地，就四处考察，寻找有水源灌溉、适合耕稼的地域，以发展农业生产。

公刘厚爱百姓，与民同心协力，患难与共。到达豳地后，公刘始终把"安民"放在重要位置。他在豳地选址，大量修建房舍，使豳地人口不断增长，物资日见丰富，呈现出一片繁荣的景象。

公刘非常注重调查研究与实地勘察。他在豳地的所有规划与建设，都是建立在调查研究的基础上，显现了部族首领的深谋远虑和开创基业的豪迈之情。

源自本诗的成语

"干戈戚扬"，原指古代的四种兵器，后用以象征战乱。用例：既生值多难之运，乱靡有定，干戈戚扬，艺文不贵。（晋·葛洪《抱朴子·遐览》）

六、宴饮诗

《诗经》中还有一类以宴饮为题材的宴饮诗,如《小雅·鹿鸣》《常棣》《伐木》《鱼丽》《南有嘉鱼》《湛露》《彤弓》《桑扈》《頍弁》《瓠叶》、《大雅·行苇》、《鲁颂·有駜》等。宴饮诗主要是描写君臣、亲朋欢聚宴享的盛况,歌颂上层社会的欢乐与和谐。

1. 鹿鸣(小雅)

原文	译文
(一)	
呦呦鹿鸣,[1]	鹿儿呼伴呦呦鸣,
食野之苹。[2]	同来野地吃青苹。
我有嘉宾,[3]	我有满座好宾客,
鼓瑟吹笙。[4]	席间弹瑟又吹笙。
吹笙鼓簧,[5]	吹起笙来鼓起簧,
承筐是将。[6]	捧上礼筐把礼送。
人之好我,[7]	宾客人人爱护我,
示我周行。[8]	指示正道方向明。
(二)	
呦呦鹿鸣,	鹿儿呼伴呦呦鸣,
食野之蒿。[9]	同来野地吃青蒿。

我有嘉宾，	我有满座好宾客，
德音孔昭。[10]	德行声誉很光耀。
视民不恌，[11]	昭示人民不轻佻，
君子是则是效。[12]	君子学习又仿效。
我有旨酒，[13]	我有香醇的美酒，
嘉宾式燕以敖。[14]	嘉宾宴饮乐陶陶。

（三）

呦呦鹿鸣，	鹿儿呼伴呦呦鸣，
食野之芩。[15]	同来野地吃青芩。
我有嘉宾，	我有满座好宾客，
鼓瑟鼓琴。	席间弹瑟又鼓琴。
鼓瑟鼓琴，	席间弹瑟又鼓琴，
和乐且湛。[16]	宾主欢乐兴致深。
我有旨酒，	我有香醇的美酒，
以燕乐嘉宾之心。	借以娱乐嘉宾心。

注释

[1]呦(yōu)呦：鹿的叫声。

[2]苹(píng)：藾蒿。一种水草名，又叫藾萧。

[3]我：主人自谓。

[4]瑟(sè)：一种弹拨乐器。鼓瑟：弹瑟。笙：一种簧管乐器。

[5]簧(huáng)：笙中用金属或其他材料制成的发声薄片。鼓簧：吹笙时，鼓动簧片而发声。

[6]承：捧着，捧上。筐：盛币帛的竹筐。将：送，奉献。

[7]人：指客人。好(hào)：喜爱，喜欢。

[8]示：指示。周行(háng)：大道，正道。此指处事所应遵循的正道。

[9]蒿：菊科植物，又叫青蒿、香蒿。

[10]德音：美好的品德声誉。孔：很。昭：明，显著。

[11]视:通“示”。显示,表明。恌(tiāo):亦作“佻”。轻浮,轻佻。

[12]是:代词。指代嘉宾。则:法则。此处用作动词。以为法则。效:效法,仿效。是则是效:以是为法则,以是为仿效之榜样。朱熹《诗集传》:“言嘉宾之德音甚明,足以示民使不偷薄,而君子所当则效。”

[13]旨酒:美酒。

[14]式:助词。燕:通“宴”。宴饮。敖:舒畅快乐。马瑞辰《毛诗传笺通释》:“《尔雅》舍人注云:‘敖,意舒也。’凡人乐则意舒,是知敖有乐意。”

[15]芩(qín):草名,蒿类植物。

[16]湛(dān):尽兴,尽情欢乐。

导读

《鹿鸣》是一首宴饮宾客的诗。三章,章八句。

《毛诗序》云:“《鹿鸣》,燕群臣嘉宾也。既饮食之,又实币帛筐篚以将其厚意,然后忠臣嘉宾得尽其心矣。”朱熹《诗集传》云:“此燕飨宾客之诗也。”又云:“岂本为燕群臣嘉宾而作,其后乃推而用之乡人也欤?”朱熹认为此诗原是君王宴请群臣宾客的专用乐歌,后来渐渐推广至民间,在乡人的宴会上也可以唱,变成了上下通用之乐。

全诗三章,通篇以主人祝酒的口吻抒写。每章都以鹿鸣起兴。在空旷的原野上,群鹿悠闲地吃着青苹、青蒿等野草,不时发出呦呦的鸣声,呼唤着同类,此起彼应,十分和谐悦耳。诗以此起兴,便营造了一种热烈而又美好、和谐的氛围,引出宾客到来和欢乐宴饮的场面。

首章是写宴会进行的盛况。前六句写嘉宾到来后,主人盛情招待。先是安排人鼓瑟吹笙,奏乐欢迎。饮宴后,还馈赠嘉宾成筐的礼品。后两句写嘉宾善待主人。“人之好我,视我周行”,嘉宾对主人爱护有加,能够给他提出谏言,指示处事所应遵循的正道。第二章是写主人对嘉宾德行的赞扬。前六句写主人赞美嘉宾有光明的品德和声誉,足以示民使不偷薄,值得人们学习、仿效。后两句写主人向嘉宾敬上美酒,希望嘉宾们尽情地宴饮。第三章是写宴饮进入高潮时的情景。前六句写主人敬酒以后,宴饮进入了高潮,演奏的乐器声中,更增添了悠扬的琴声。在融洽的气氛中,宾主“和乐且湛”,大家都已欢乐尽兴。全诗以后两句“我有旨酒,以燕乐嘉宾之心”结束,再次表明了主人以礼待客的诚意;也表明宴饮宾客,不光是为了满足其口腹之欲,更是为了“安乐其心”,以期赢得他们内心的敬重。

全诗三章叠咏,各章句数相同,句法大体相近。三章内容侧重不同,但互相呼应,层迭而下，最后将诗之主题深化。通过对这首诗的简单分析，我们可以增加一些有关古代礼俗文化的知识。

《鹿鸣》一诗，是《诗经》宴饮诗中具有代表性的作品，表现了以宴饮待宾的殷勤盛意和好礼崇善、以德相勉的风尚，对后世的影响较大。此诗在先秦时已由君王宴请群臣嘉宾的专用乐歌，渐渐扩大为贵族宴饮，乃至乡饮酒时的乐歌，后代更广泛用以为一般的宴宾之歌。到了科举时代，每当乡试放榜后，当地行政长官都会宴请得中的举子，宴会上必歌《鹿鸣》，故称之为"鹿鸣宴"。后世诗人在创作中，时有直接引用或化用《鹿鸣》诗句的现象。如曹操《短歌行》直接引用了"呦呦鹿鸣，食野之苹。我有嘉宾，鼓瑟吹笙"四句，表示了渴求贤才的愿望。又如袁甫《三衢效周雅作鹿鸣宴诗三章》"鹿鸣鹿鸣，食苹与蒿。我有嘉宾，柯山之翘。岁逢丑矣，喜见斗杓。我有旨酒，嘉宾是招是邀"；汪应辰《鹿鸣宴席上诗二首奉送解元诸先辈》"嘉宾式燕正炎曦，风自南来为解围。细听吹笙仍鼓瑟，即看结绶却登畿"等，化用了《鹿鸣》中的诗句。《鹿鸣》一诗对于我国古代文化、习俗影响的深远，可见一斑。

源自本诗的成语

"鸣野食苹"，原指群鹿在田野里一边吃着青草，一边呦呦地鸣叫着呼唤同类，后用以比喻以诚待人，同甘共苦。用例：醉酒饱德，虽喜太平之风；鸣野食苹，未展尽心之报。臣无任感天荷圣激切屏营之至。（宋·苏辙《笏记》）

2. 常棣（小雅）

原文	译文
（一）	
常棣之华，[1]	常棣花儿灿烂开，
鄂不韡韡。[2]	鲜明萼蒂紧相依。
凡今之人，[3]	如今世上一般人，
莫如兄弟。[4]	没有谁如亲兄弟。

（二）

死丧之威，[5] 死丧之祸真可怕，
兄弟孔怀。[6] 只有兄弟最关心。
原隰裒矣，[7] 因遇灾难聚原野，
兄弟求矣。[8] 只有兄弟来相寻。

（三）

脊令在原，[9] 鹡鸰被困在郊原，
兄弟急难。[10] 兄弟急于相救难。
每有良朋，[11] 虽然也有好朋友，
况也永叹。[12] 只是徒然添长叹。

（四）

兄弟阋于墙，[13] 兄弟尽管墙内斗，
外御其务。[14] 却能同心御外侮。
每有良朋，虽然也有好朋友，
烝也无戎。[15] 无人肯来相救助。

（五）

丧乱既平，丧乱之祸已平息，
既安且宁。家庭生活已安宁。
虽有兄弟，纵有同胞亲兄弟，
不如友生。[16] 反倒不如朋友情。

（六）

傧尔笾豆，[17] 摆上你的笾和豆，
饮酒之饫。[18] 酒醉饭饱心欢快。

兄弟既具，[19]　　兄弟今日来聚首，
和乐且孺。[20]　　和睦欢乐相亲爱。

（七）

妻子好合，[21]　　夫妻情投又意合，
如鼓瑟琴。[22]　　和谐好像鼓瑟琴。
兄弟既翕，[23]　　兄弟今日来相会，
和乐且湛。[24]　　和睦欢乐兴致深。

（八）

宜尔室家，[25]　　使你家人相处好，
乐尔妻帑。[26]　　使你妻儿心欢畅。
是究是图，[27]　　好好推究细思量，
亶其然乎！[28]　　确实道理是这样！

注释

[1]常棣(dì)：树名。也叫棠棣、唐棣。花或红或白，两三朵成一缀，果实似李而小，可食。

[2]鄂：通“萼”。花托，花瓣下部的一圈绿色小片。不(fū)：花萼的底部，花蒂。韡(wěi)韡：鲜明茂盛的样子。一说：鄂：茂盛的样子。不：语助词。

[3]凡今：如今，当今。

[4]莫：没有人，没有谁。

[5]威：通“畏”。指可怕的事。

[6]孔：很，最。怀：关怀，思念。这两句是说死丧是可怕的事，只有兄弟最为关怀。

[7]原隰(xí)：原野，野地。裒(póu)：聚集。

[8]求：寻找。这两句是说人们因灾难之事聚于原隰，只有兄弟才会彼此关心生死，互相寻觅。

[9]脊令：一种水鸟，也写作“鹡鸰”。在原：水鸟在原，失其常处，比喻有难。

[10]急难：指兄弟有灾难就急于相救。

[11]每:虽。良朋:好友。

[12]况:增加,增添。永:长。这两句是说虽有好友,当我们有危难时,只是增加他们的长叹而已,而不能像兄弟那样奔赴援助。

[13]阋(xì):争吵,争斗。阋于墙:在墙内争吵。

[14]御:抵御,抵抗。务:通“侮”。欺侮,欺凌。这两句是说兄弟虽在家中不和,可是遇到外人欺凌,则会共同起而抵抗。

[15]烝:助词。朱熹《诗集传》:“烝,发语声。”一说:长久。戎:帮助。

[16]友生:朋友,友人。这两句是说人在丧乱既平之后,都感到兄弟不如朋友。

[17]傧:陈列。尔:你。笾(biān):古代祭祀或宴享时用来盛干肉、果品的器皿,用竹编成。豆:盛肉菜的食器,高脚有盖,用木或陶、铜制成。

[18]之:助词。饫(yù):饱食。一说:私宴。

[19]具:通“俱”。聚集,在一起。

[20]和乐:和睦欢乐。孺:相亲相爱。

[21]好(hào)合:相亲相爱,情投意合。

[22]鼓:弹奏。这两句是说夫妻情投意合,像弹奏瑟、琴那样声律和谐。

[23]翕(xī):合,聚会。

[24]湛(dān):尽兴,尽情欢乐,沉浸在欢乐之中。

[25]宜:相宜,相处得很和洽。尔:你。指兄弟。室家:家庭,家眷。

[26]乐:使快乐。帑(nú):通“孥”。子女。

[27]究:研究,探求。图:考虑。

[28]亶(dǎn):确实,诚然。其:指“宜室家,乐妻帑”之理。然:如此,这样。

导读

《常棣》是一首宴会兄弟,劝诫友爱的诗。八章,章四句。

此诗是《诗经》中的名篇杰作之一,也是最早歌唱兄弟友爱的诗。诗的主题是说明兄弟之情是世上最深的,危难中只有兄弟最可信赖,兄弟和睦友爱,家庭才会欢乐幸福。

全诗共八章,可分为五个层次。首章为第一个层次,以常棣之花萼、花蒂同根而生、紧紧相连,兴比同一血统的兄弟关系亲密,不可分离,提出了“凡今之人,莫如兄弟”的主旨。第二、三、四章为第二个层次。第二章是说死丧、灾难之事,唯有兄弟最为关怀。第三章是说遇到祸难,唯有兄弟才会急救;而平日的好友,不过增添一声长叹罢了。第四章是说即使兄弟同室争斗，若遇到外侮，则会一致对外；而平日的好友，却无人肯来相助了。这一层次是正面立论，说明一般朋友间的友谊，远不及兄弟情感的深厚，因此兄弟之间应该亲密相爱，团结互助。第五章是第三个层次。此章承上启下，为全篇枢纽。这章是写祸乱既平之后，在安宁的环境中，反而“虽有兄弟，不如友生”。朱熹《诗集传》说：“上章言患难之时，兄弟相救，非朋友可比。此章遂言安宁之后，乃有视兄弟不如友生者，悖理之甚也。”这一层次是从反面立论。因兄弟不如友生，与常理相悖，更见兄弟应当相亲相爱。第六、七章为第四个层次。第六章是写宴饮兄弟之乐。第七章以妻子为比，以明兄弟亦应相亲，二者不可偏废。末章为第五个层次，是诗人对兄弟的祝愿。此章承上文为说：只有兄弟和睦，相亲相爱，才能使你的家庭安定、妻孥快乐。诗人劝诫兄弟们认真思考这样做的道理，再次点明了诗的主题。

《常棣》一诗是宴饮兄弟的乐歌，涉及中国传统家庭伦理道德中“兄友弟悌”这一重要内容，因此受到历代读者的喜欢。家庭是中国社会的基础，家庭中的人伦关系历来受到人们重视。兄弟团结友爱是家庭和睦、家道兴旺的重要基础。而家庭的和谐稳定又关系着社会的和谐与发展。因此，《常棣》一诗对于构建和谐社会，有其积极的意义。诗中“兄弟阋于墙，外御其务”所体现的团结御侮的思想，成为了后代不少仁人志士和人民大众的精神武器，激励人们在大敌当前、民族危机严重的时刻，捐弃前嫌，求同存异，加强民族、国家内部的团结，众志成城，共赴国难。

《常棣》一诗对后世的文学创作有深刻的影响。在千古传唱的过程中，不少诗句演变成了众所熟知的成语，如“兄弟孔怀”、“鹡鸰在原”、“令原之戚”、“令原之痛”、“急人之难”、“阋墙御侮”、“琴瑟相调”等，这些成语被广泛地运用于历代文学作品之中，并且仍然活跃在现代语言里。在后世古诗文中，也常以“棣华”、“棣萼”、“棠棣”、“脊令”、“鹡鸰”等代称兄弟。如：李白《赠从兄襄阳少府皓》：“棣华倘不接，甘与秋草同。”杜甫《赠特进汝阳王二十韵》：“自多亲棣萼，谁敢问山陵。”张九龄《和苏侍郎小园夕霁寄诸弟》：“兴属蒹葭变，文因棠棣飞。”孟浩然《入峡寄舍弟》：“泪沾明月峡，心断鹡鸰原。”杜甫《得舍弟消息二首》其一：“浪传乌鹊喜，深负鹡鸰诗。”抗日战争时期，郭沫若创作的五幕历史剧《棠棣之花》在重庆公演。该剧突出了反对暴政、团结御侮的主题，在当时大大鼓舞了人们坚持抗战，反对投降，坚持团结，反对分裂的斗争精神。郭沫若借用《常棣》的首句作为剧名，也从侧面反映了此诗影响的深广。

关于此诗的作者，旧时有几种不同的说法。《国语·周语中》：“周文公之诗曰：‘兄弟阋于墙，外御其侮。’”韦昭《国语注》：“文公之诗者，周公旦之所作《棠棣》之诗是也。”《左传·僖公二十四年》：“召穆公思周德之不类，故纠合宗族于成周，而作诗曰:‘常棣之华,鄂不韡韡。凡今之人,莫如兄弟。’”杜预《左传注》欲调和《国语》、《左传》之说,谓“周厉王之时,周德衰微,兄弟道缺,召穆公于东都收会宗族,特作此周公之乐歌”。杜预认为《常棣》乃周公作诗,召穆公作乐而歌之。姚际恒谓“此周公既诛管、蔡而作,后因以为燕兄弟之乐歌”。现代治《诗》者多认为《常棣》即是周人宴饮兄弟时的乐歌。

源自本诗的成语

“兄弟孔怀”,谓兄弟彼此之间非常思念、关怀。用例:余以天伦笃睦,日重月深,每唯兄弟孔怀,在物无喻。(隋·常得志《兄弟论》)

“鹡鸰在原”,本谓水鸟在原野,失其常处,以喻兄弟飘泊在外,遇到危难而急待救援。后用以比喻兄弟友爱之情。用例:你还是早点回去罢,你一定惦记着令弟的病。你们真是“鹡鸰在原”。(鲁迅《彷徨·弟兄》)

“令原之戚”,原指脊令鸟失去常居之处的悲伤,后用以比喻兄弟去世。用例:绍定改元,适有令原之戚,闭门谢客,因追思,捉笔纪录,不觉盈轴,以“游宦纪闻”题之。(宋·张世南《<游宦纪闻>序》)

“令原之痛”,比喻因兄弟去世而带来的悲痛。用例:此册乃伯兄圣常物,细书皆兄手迹。先公尝取而置诸案头,有讹则正之。其有当于理,则加圈点,此则公之手笔也。遗编犹在,而风木之悲,令原之痛,遂无已时。(清·姚衡《寒秀草堂笔记·宾退杂识》)

“急人之难”,谓解救别人的危难。用例:笃于孝友,急人之难,大义落落,人莫敢以利动。(明·归有光《吴纯甫行状》)

“兄弟阋于墙”,谓兄弟在家里闹纠纷。后用以比喻内部纷争不和。也写作“兄弟阋墙”。用例:了解“十年浩劫”的人都知道,有一种叫做“派性”的东西,摸不着,看不见。谁要是中了它,就像是中了邪一样。一个原来是亲爱和睦好端端的家庭,如果不幸而分属两派,则夫妇离婚者有之,父子反目者有之,至少也是“兄弟阋于墙”,天天在家里吵架。(季羡林《牛棚杂忆·自序》)/而侠累那家伙,偏偏要兄弟阋墙,引狼入室!弄到现在的中原,年年争战,民不聊生。(郭沫若《棠棣之花》第二幕)

“兄弟阋于墙,外御其侮”,谓兄弟在家里闹纠纷,但一旦受到外人欺侮,仍共同抵御。后用以喻指尽管内部不和,但大敌当前,还是一致对外。也写作“兄弟阋墙,外御其侮”、“阋墙御侮”。用例:在亡国灭种的紧急关头,理应翻然改悔,以“兄弟阋于墙,外御其侮”的精神,磋商抗日救亡的具体办法。(中国共产党《停战议和一致抗日通电》)/正是:兄弟阋墙,外御其侮。蜗角纷争,唯利是务。(蔡东藩《民国通俗演义》第一百三十回)/凡我国民,务念阋墙御侮之忠言,怀同室操戈之大戒。(上书第一十二回)

“琴瑟相调”,谓琴瑟合奏时,声律协调和谐。后用以比喻夫妻恩爱,感情融洽。用例:他们一生琴瑟相调,妻子的死对他打击巨大,一时半会儿缓不过来,写不了字。(尹平平、李若彬《启功百年忆启功》)

附录　主要参考书目

[1]毛亨,郑玄,孔颖达. 毛诗正义. 北京:中华书局,1980.

[2]朱熹. 诗集传. 上海:上海古籍出版社,1958.

[3]胡承珙. 毛诗后笺. 合肥:黄山书社,1980.

[4]陈奂. 诗毛氏传疏. 北京:中国书店,1984.

[5]姚际恒. 诗经通论. 北京:中华书局,1958.

[6]马瑞辰. 毛诗传笺通释. 北京:中华书局,1989.

[7]方玉润. 诗经原始. 北京:中华书局,1986.

[8]魏源. 诗古微. 长沙:岳麓书社,2004.

[9]王先谦. 诗三家义集疏. 北京:中华书局,1987.

[10]吴闿生. 诗义会通. 北京:中华书局,1964.

[11]夏传才. 诗经研究史概要. 北京:清华大学出版社,2007.

[12]袁行霈. 中国文学史. 北京:高等教育出版社,1999.

[13]夏传才. 诗经讲座. 桂林:广西师范大学出版社,2007.

[14]夏传才. 诗经语言艺术新编. 北京:语文出版社,1998.

[15]向熹. 诗经语言研究. 成都:四川人民出版社,1987.

[16]向熹.《诗经》语文论集. 成都:四川民族出版社,2002.

[17]赵沛霖. 诗经研究反思. 天津:天津教育出版社,1989.

[18]何慎怡. 诗经成语研究. 香港:香港天马图书出版公司,2008.

[19]杨合鸣,李中华. 诗经主题辨析. 南宁:广西教育出版社,1989.

[20]向熹. 诗经. 北京:高等教育出版社,2009.

[21]程俊英,蒋见元. 诗经注析. 北京:中华书局,1991.

[22]程俊英. 诗经译注. 上海:上海古籍出版社,1985.

[23]余冠英. 诗经选. 北京:人民文学出版社,1979.

[24]高亨. 诗经今注. 上海:上海古籍出版社,1980.

[25]陈子展. 诗经直解. 上海:复旦大学出版社,1983.

[26]袁梅.诗经译注.济南:齐鲁书社,1980.
[27]韩峥嵘.诗经译注.长春:吉林文史出版社,1995.
[28]王宗石.诗经分类诠释.长沙:湖南教育出版社,1993.
[29]人民文学出版社编辑部.诗经鉴赏集.北京:人民文学出版社,1986.
[30]周蒙,冯宇.诗经百首译释.哈尔滨:黑龙江人民出版社,1986.
[31]向熹.诗经词典.成都:四川人民出版社,1997.
[32]夏传才.诗经学大辞典.石家庄:河北教育出版社,2014.
[33]姜亮夫等.先秦诗鉴赏辞典.上海:上海辞书出版社,1998.
[34]金启华,朱一清,程自信.诗经鉴赏辞典.合肥:安徽文艺出版社,1990.
[35]王涛等.中国成语大辞典.上海:上海辞书出版社,1987.
[36]梅萌.汉语成语大全.北京:商务印书馆国际有限公司,2007.

图书在版编目(CIP)数据

大美如歌《诗经》/何慎怡编著. —长沙：岳麓书社，2015.9(2024.3 重印)
(名师导读)
ISBN 978-7-5538-0344-9

Ⅰ.①大… Ⅱ.①何… Ⅲ.①《诗经》—诗歌欣赏 Ⅳ.①I207.222

中国版本图书馆 CIP 数据核字(2015)第 029224 号

DAMEI RUGE SHIJING
大美如歌《诗经》
编　　著　何慎怡
责任编辑　皮朝霞　蔡　晟
责任校对　舒　舍
封面设计　谢　颖

岳麓书社出版发行
地址：湖南省长沙市爱民路 47 号
直销电话：0731-88804152　0731-88885616
邮编：410006

版次：2015 年 9 月第 1 版
印次：2024 年 3 月第 3 次印刷
开本：710mm×1000mm　1/16
印张：12.5
字数：192 千字
ISBN 978-7-5538-0344-9
定价：37.80 元

承印：长沙艺铖印刷包装有限公司

如有印装质量问题，请与本社印务部联系
电话：0731-88884129